嘘つきは
探偵の始まり
usotsuki wa tantei no hajimari
～おかしな兄妹と奇妙な事件～
石崎とも
JN286718

contents

プロローグ　4
一章　不法侵入　12
二章　窃盗　30
三章　身元調査　42
四章　誘拐　114
五章　虚偽申告　260
エピローグ　280

神《しん》條《じょう》久《ひさ》人《ひと》

「嘘が嫌いだ」と言いながらも泥棒をしているシニカルな青年。母親の形見を取り返すため、元父親の探偵宅に忍び込むが……。

柳《やなぎ》野《の》花《ばな》

久人が探偵宅で出会った少女。楽天的で明るいお調子者の性格。一見、普通の女子高生に見えるが何か事情があるようで……。

illustration：日向あずり
Design：木村デザイン・ラボ

嘘つきは探偵の始まり

usotsuki wa
tantei no
hajimari

～おかしな兄妹と奇妙な事件～

石崎とも

プロローグ

オレは嘘《うそ》が嫌いだ。

別に、嘘なんてついちゃいけないよと偽善者ぶるつもりはない。

幼稚園のころ、人に嘘をついてはいけませんよと教えてくれた先生がうっかり園長先生の花瓶を壊したときも、あることないこと言い訳する先生を、何も言わず笑顔で見守ってあげたものだ。時には嘘だって必要なことくらいは理解している。だからたぶん嘘を嫌悪してしまうこの気持ちは、ただ単純に好き嫌いの問題なのだろう。

嘘の中でも特に、人のためにつく嘘なんていうのが一番嫌いだ。嘘なんて、どれも例外なく薄汚いものだということを、オレは知っている。自分の弱さを隠すため、相手を騙《だま》して利益を引き出すため、そういうどうしようもない目的で使われるのが『嘘』だ。そういう汚い部分を隠して、さも人のためという顔をしている人を見ると、どうにも嫌な気分になる。

まぁそうして嘘を嫌っているからといって、オレが清廉潔白公正明大な人間というわけでもないのだけど。むしろどちらかといえば、人の三倍嘘をつくほうなのだけど。

でもだからこそ人の三倍知っている。嘘なんて本当にロクなもんじゃない。


パイプの香り漂う扉を少しだけ開け、中を窺《うかが》った。当然だけど父がいつも座っていた椅子は無人だった。強張っていた体からするすると力が抜けていくのを感じ、オレは慌てて気合を入れ直す。本番はこれからなんだ。ここで緊張を解いてどうするよ。

冷静に、着実に。基本原則、忘れるな。

一息入れたのち、今度こそ扉を完全に開けた。書斎に父の姿はない。けれど無人ではなかった。

女、と言うには若い。高校生くらいだろうか。どこの学校のものかはわからないが制服を着ている。それだけなら普通だけど、大変笑えないことに、その手は部屋にある棚を漁っていた。

普通なら注意や警告の一つでもするところだろうが、オレはあまりにも予想外の事態に、完全に固まってしまっていた。

この一週間の調査の中では、一度も見たことない顔だった。近所の人への聞き込みでもこんな少女の情報は出てこなかった。完全に想定外だ。

だが、まだ対処のしようはある。一歩後ろに下がる。扉を閉める。回れ右する。それで何も問題ない。この家に侵入する機会なんて、この先いくらでもある。幸いまだ向こうはこちらに気づいていないようだ。チャンスは今しかない。

オレは足音を立てないよう、ゆっくりと一歩後ろに下がった——次の瞬間。廊下の電話が突然けたたましく鳴り響いた。

心臓が口から「こんにちは」するほど驚いたのはオレだけではなかった。少女は怯《おび》えたような表情でこちらに振り向き、そしてオレの姿を見てまさに顔面蒼白《そうはく》という言葉をそのまま表したような表情になった。

「ど、ど、どなたでございましょうか？」

向こうがびびりまくってくれたおかげか、逆にこちらは冷静になれた。向こうも他人に見つかりたくないという意味では同じだったようだ。そうとわかれば、慌てず騒がず冷静に、平気な顔で嘘をつけばいい。

「オレはこの家の長男だ」

まずは軽いジャブ。ひとまず反応を窺うが、どうにも反応が鈍く、少女は首など傾げている。ちっ。もしかしたらこいつもこの家の家族構成を把握してるのか？　仕方ない。さらに設定を追加するか。

「普段は海外で働いているんだけど、今日は久しぶりにこっちに帰ってきたんだ」

どうだ。これなら見覚えがなくてもおかしくないだろ。

設定は、探偵の卵兼助手といったところか。父の助手は、オレがこの家にいた当時もたくさんいたから、一人ぐらい増えてもわからないだろう。

それに認めたくはないが、父とオレの顔は親子なのだから似ているはずだ。可能な限り顔を似せるために昔の記憶を頼りにメイクもしている。嘘をつくのはあまり好きじゃないが贅沢《ぜいたく》も言ってられない。警察に通報でもされれば捕まるのはオレのほうだ。

オレが嘘を組み立てている間に、電話の音は止まった。それに合わせたように、少女のほうもしどろもどろではあるが話し始めた。

「……な、なるほど。ご、ご長男さんでしたか」

少女はさすがに棚を漁るのをやめて、足元に置いてある小さな通学かばんを足で後ろに隠し、身体をこちらに向けてきた。

さぁ、己の立場を理解しろ。お前がどんな理由でこの家に侵入したかは知らないが、住人が帰ってきた以上、犯罪行為を継続することはできないだろう。見逃してやるからさっさと出て行け。

「それで、キミは棚を漁って何をしていたのかな？」相手を刺激しないよう優しく訊《き》く。まぁ、無人の家で棚を漁る理由なんて、一つしかないだろうが。

こいつのことはとりあえず、泥棒少女とでも名づけておこうか。

「ど、泥棒なんて、し、してませんよ？」

泥棒少女はあさっての方向を見ながら言った。嘘をつけと言いたい。

「ご、ご長男さんは海外生活が長かったのですか？」

「ああ。高校卒業と同時に、探偵の勉強も兼ねて留学したからな。もう一年以上は向こうで暮らしている」

考えこまずともすらすらと嘘が出てくる。自分を守るための嘘なら、いくらでも思いつける。

そのままオレが無言のプレッシャーをかけていると、泥棒少女は何かを決意するように拳を固めて、「よ、よしっ！」と気合を入れた。そして、キッと目を見開き一息に言いきった。

「私はあなたの妹ですよ。お兄さん」

……はい？

「この家にいるべき人間なのだから、棚を漁っていてもおかしくありません。そうです。おかしくないんです」

おいおい。

「お、お兄さん、もしかして、可愛い妹の顔を忘れちゃったのですか？　い、いくら海外生活が長いからって、ひ、ひどいですよ？　ほ、ほらほら、この目元とか、お兄さんに、そ、そっくりでしょう？　……そっくりですよね？」

慌てて鏡を取り出し、自分の目元を確認する泥棒少女。「うん。大丈夫。やっぱりそっくりです」と一人で納得している。

頭を抱えたくなってきた。オレのどうしようもない人生史上、最大のどうしようもない嘘を見た。どこの世界に、兄に対して、あなたの妹ですと嘘をつくやつがいる。どれだけ海外での仕事が長くとも、妹の顔を間違える兄はいないだろ。

だがしかし、安易に泥棒少女の嘘を指摘するのも危険だった。やけくそになって暴れられても面倒だし、罪の意識から自首なんてされたら最悪だ。警察の介入だけは、ご勘弁願いたい。

仕方ない。ここは泥棒少女の嘘に乗ってやるか。別にこちらにデメリットがあるわけでもなし。適当に話を合わせて穏便に追い出そう。

「おお、そうだったか我が妹よ。実の妹の顔を忘れるなんて、兄失格だな。ははは」

オレが嘘に乗ってきたのを見て、少女は露骨に安心した表情になった。そして偉そうに腰に手を当てて言う。

「まったくですよ。実の妹の顔を忘れていた罰として、お小遣いをください。じゃないと、許してあげません」さっきまでの不安な表情はどこへやら、恐ろしく不遜な態度だ。

　小遣い程度で黙ってくれるならどうってことないのだが、財布には諭吉様しかいらっしゃらない……お釣り、くれないだろうか？　……無理だろうな、うん。

「ははは。まったく、うちの妹さんは、しっかりしてるなぁ。あんまり無駄遣いをするんじゃないぞ」

　泣く泣く財布から一万円を取り出し、泥棒少女に渡す。

「たららたったらーん♪　一万円。ゲットでありまーす！」

　一万円を掲げてウザいくらいに喜んでいる泥棒少女に、引き続き兄の演技を続ける。

「できれば、何か温かいものでも淹《い》れてくれないか？　少しのどが渇いたよ」

「あ、そうですね。これは気がききませんで」

　そそくさと一万円を仕舞い、泥棒少女は答えた。いい加減敬語はやめとけ。一応、兄弟という設定だろう。

さっさと盗むものを盗んで帰りたかったが、こうなっては仕方ない。物色を始める前に、この女をこの家から追い出さなければ。

泥棒少女に背中を向けて、リビングに向かおうとした。だがなぜか、背後から泥棒少女が動く音が聞こえない。飲み物を淹れてくれと頼んだのに、無視する気か？

後ろを振り向いて、かばんを抱えじっとオレを見ていた泥棒少女にもう一度言う。

「飲み物を淹れてくれないか？」

「あ、はい」

今度こそパタパタと部屋から出て行く泥棒少女を見送り、リビングに移動する。これでひとまず時間を稼げた。とりあえず現状を把握して、今後の対策を練らなければ。

このままじゃ、とてもじゃないが、母さんのブローチを探している余裕なんてない。くそっ、面倒くさい！　オレは何でよりにもよって、こんな日にやる気を出しちゃったのかね、ほんと……。

泥棒に来て別の泥棒と鉢合わせとか、笑えもしない冗談だ。

一章　不法侵入

そもそもオレがやる気を出してしまったのは、その日見た夢が原因だった気がする。はっと目が覚めて時計を見上げ、今すぐ家を出ないと一限の授業に間に合わない時間だったのを確認したのに、どうにもやる気が出なかった。ソファで寝てしまったからか体の節々は痛むし、まだ心に残っている甘い感覚のせいでむかむかしていた。このとき、それでも何とかぐーたらな体を引きずって、おとなしく大学に行っていれば何も問題はなかったのにと、今さらながら後悔する。

大学生は暇だなんていうのは幻想だと去年は思っていたけど、二年生になると、とたんに授業に余裕が出てくるし、うまく授業をサボるコツも身につけてきて、なるほど確かに大学生は暇だなぁと実感できる場面が増えていた。

アホほど勉強した高校三年生の時と比べると、ほんと、嘘みたいなぐーたらっぷりだ。やろうと思えば、平日をまるっと休みにできるなんて、信じられるだろうか。

一向に立ち上がる気力はわいてこなかった。それどころか、今日の講義内容を思い出しながら、あと何日サボれるかなんかを考えていた。

でも、そう。その日は単位に関わる大事なレポートの提出日だったから、どうしたって大学はサボれなかった。あきらめたオレはソファから体を起こし、大学へ行く前に、いつものように仏壇の前に座った。もうすっかり日課になっているから、マッチを擦って線香に火をつけるのも慣れたものだ。

独特のふわりと香る煙を吸い込むと、頭にちかちかと過去の記憶がよみがえる。記憶は香りにより想起されるとはよく聞くけれど、まったくそのとおりだ。タバコの煙じゃこうはならないのだけど、線香の独特の香りは――なぜかパイプの煙を思い出してしまう。


――記憶に残る父の姿は、いつもパイプの煙と結びついている。

パイプなんて、もはや漫画やドラマの中でも見ることはない、歴史的遺物のようなものだけど、父はいたくお気に入りで、暇さえあれば煙をぽっぽぽっぽと吐いていた。

パイプを吹かし、椅子に腰掛け足を組む姿は、いかにも探偵然としていてオレは好きだった。暇さえあれば定位置の父のひざに座っては、よく父が解いた事件の話などをしてもらったものだ。

当時のオレの、頭からつま先までを三つ合わせたくらいに高い本棚に囲まれた父の部屋。天井からはステンドグラス越しの光が差し込む。昔の建物だからか、外の音なんかも結構漏れ聞こえてきて、庭で母が使っているはさみの音が聞こえてくる。

シャキシャキシャキ。

この音が聞こえている間は大丈夫。母はまだここには来ない。母は、オレが父の部屋に入り浸って仕事の邪魔をすることをとても嫌っていて「お父様の仕事を邪魔してはいけませんよ」と何度も叱られた。

そのたびにオレは「はい！」と心にもない元気だけはいい返事をしてその場をごまかしては、こっそり父と顔を見合わせて目だけで笑い合った。

「さて、ヒサくん。今日のキミは、どんなお話をご所望なのかな」

父のこの言葉はお話が始まる合図。『ごしょもう』なんて難しい言葉も、何度も聞いたからちゃんと意味を知っている。父の固いひざに座るオレは、どんな話を『ごしょもう』しようか考える。

「今日は水が関係するお話を聞きたいな。あ、でも、三十分くらいで終わるのがいい」

父はちょっと首を傾げながら見下ろしてくる。

「何で三十分かな？」

待ってましたとばかりにオレは答える。「お母さんが今、水まきをしているということは、もう庭でのお仕事は終わりだよ。そしたらね、お母さんはね、外の水道で手とか足とか洗うのに、えと五分。次はね。庭仕事で使った道具を倉庫に片付けに行くんだ。これで五分でしょ。それでその後、キッチンに行くんだ。お父さんのお茶を淹れるためにね。この準備に十分。それでね、お湯が沸くのを待つ間に、お部屋に戻って、ちょっとお化粧するんだ。これに十分。ね？　五分と五分と十分と十分だから、三十分のお話だと、ぴったりなんだよ」

父は驚いたように目を見開く。

「すごいな。調べたのか」

「いろんな情報を仕入れるのは、探偵の基本だよお父さん」

父は大きく口を開けて笑った。笑うのに合わせて、煙がぽっぽっぽっぽと吐き出る。

「あっはっはっは！　さすがだなヒサくんは！　こりゃ、オレが抜かれる日もそう遠くはないな！」

「え、何、お父さん？　まだ抜かれてないと思ってたの？」

パイプをくわえたままくしししと笑うと、父はオレの髪の毛をわしゃわしゃとかき混ぜた。

「この口ばっかり達者な生意気ボーズめ！　こうしてやる！」

「わぁ！　ごめんってば！　許してー！」

ひとしきり髪をかき混ぜた後、父はようやく『ごしょもう』のお話をしてくれた。

父のお話は、物語のような派手なトリックはあまり出てこないけど、その分リアリティがあって、どきどきした。

「ではヒサくん、この事件の真相はどんなものだと思う？」

父のこの言葉はお話が終わる合図。父のお話は結末まで話して、はい終わりではなく、いつも調査の過程をすべて話した後に、こう尋ねてくる。

オレは必死に笑うのをこらえながら、ちょっとだけ考える振りをする。

「うーん、どうだろう。ちょっとすぐにはわからないよ……」

オレが悩んでいるのを見て、父は楽しそうに煙をぽっぽっぽと吐く。その顔を見ていたら我慢することができず、オレはたまらず口を開いた。

「犯人はね、たぶんメイドさんでしょ。悲鳴を聞いて、水道の水を出しっぱなしにしたまま事件現場までかけつけたって言ってたけど、事件が起きた季節は冬だもんね。たぶん、水道の水は凍ってたんじゃないかな。そのメイドさん、普段は、殺されちゃったほうのメイドさんに冷たい水仕事を押し付けてたみたいだから、冬は水道が凍っちゃうって知らなかったんだろうね。動機はたぶん、お屋敷の物をこっそり売り払っていたのを、ばらされそうになったからでしょ。どう、合ってる？」

父は心底驚いたのか、固まってしまった。ゆらゆらとパイプの煙だけが立ち上る。

「お、おいおい、すげーな。それ、オレが三日考えてようやくたどり着いた真相だぞ。ちくしょー！　将来が楽しみじゃねーかこいつめー！」

父はそう言って、また髪をかき混ぜてきた。オレはちょぴっとの罪悪感をうまく隠して「やめてよー！」と笑う。父の暖かな手で髪をかき混ぜられるのは好きだった。

母が丁寧に手入れした芝生の上を、裸足で歩くのと同じくらい。

そう、好きなのだから、この程度のズルはアリだと、オレは思っていた。父が部屋にいない間に、父の調査ファイルが入っている棚をこっそり覗《のぞ》いて、事前に中身を丸暗記しておくくらいは。昔から、記憶力だけはよかったのだ。

しかし、のんびりとした平和な時間はそこまでだった。ふわりと香る太陽の匂いとともに、扉の開く音が聞こえた。「まぁヒサヒト。またお父様の部屋に入ってるのね」

父はパイプの香り。母はお日様の匂いだった。いつも庭仕事をしていたからだろう。

普段は嗅ぐだけで気分が落ち着くいい匂いなのだけど、今日ばかりはそんなことを言ってられない。

部屋の入り口に立つ母がオレたちを見回した。普段は優しげな曲線を描いている眉も、このときだけはぴりりっと怒りをはらんでいる。

時計を見上げると三十分経っていた。ちょうど三十分。ダメじゃん。母がここまで来るのに三十分かかるんだから、その前に話を切り上げないといけないのに。

両手で頬を挟んでじっとこちらの目を見つめてくる母独特のお説教は、とにかく苦手だ。じっと見つめられると、お腹がきゅっとしてくる。捕まる前に早く逃げないと。

「まぁお母さん」父はとりなすように手を振る。「そう怒らなくてもいいじゃない」

母は静かに父のほうに向いた。

「あなた。これは私の教育方針の問題です」

母の静かだけどよく通る声の前では父も形無しで、両手を軽く挙げてあっさりと降参してしまう。あぁなんて弱いんだろう。これで仲間がいなくなっちゃった。——と一瞬あきらめかけたけど、見上げた父の目はまだ楽しげに輝いていた。

「ねぇ、お母さん。そういえば、胸のブローチはどうしたのかな?」

母はお茶を父の前に置くと、訝《いぶか》しげな顔で自分の胸を触った。でもそこに、母お気に入りの、蝶《ちょう》の形をしたブローチはない。次に母の手はエプロンの胸ポケットへ、取り出した手にはハンカチ。がっくりと肩を落として最後に服のポケットにたどり着く。今度は空。手が移動するたびに、母の顔は一段階ずつ青くなっていく。

「な、な、な、ない。ブローチが！　ない！」

父から贈られたその蝶のブローチが、母にとってどれだけ大切かオレはよくわかっている。毎日寝る前に、丁寧に布で磨いて、いそいそと箱に仕舞う姿は子供だったオレから見てもわかるほどに幸せそうだった。まるでその蝶が『幸せ』そのものであるみたいに、母はいつもブローチを大切に扱っていた。だからいつだったか母が倉庫の掃除中に荷物をひっくり返して、蝶のブローチに傷がついてしまったときは大変だった。オレも父も、母を慰めるために三日三晩頭を悩ませたほどだ。

「……朝起きたときは確かにあったのに」母は青い顔で床に座り込んでしまった。

父は母が持ってきたお茶をのんびり飲んでいる。そんなのんきそうにしていたら、またお母さんに怒られるのになぁと思ったけど、口にはしない。怒られる対象は分散していたほうが、一人当たりの怒られる量は減るのだ。

「さてではヒサくんは、この事件の真相はどんなものだと思う？」

オレは驚いて父を見上げた。父のこの言葉はお話が終わる合図。父の顔を見て、どうやら父はもう、真相を解明していることがわかった。

でもオレは、これだけじゃぜんぜんわからなくて、首をひねる。というか考えるヒントなんて何一つないのに答えがわかるほうがおかしいと思う。

「じゃあヒントをあげようか。ポイントは三つ。さっき見えたお母さんのハンカチに、お茶の染みがあったこと、お母さんが持ってきたお盆が少しべとついていること、それとお母さんの性格だよ」

確かに父の言うように、母が持ってきたお盆はべとついていた。お茶でもこぼしたのだろう。でもこれだけじゃぜんぜんわからない。お母さんの性格って言われても。

「庭いじりが好きってこと？」

オレの言葉に父は首を振った。「もう一つのほうだよ」

もう一つ。もう一つの母の性格。

オレはぴかっと閃《ひらめ》いた。そうだ、お父さんがいつも言っているじゃないか。

「ドジっ子！」

青くなっている母の顔の、ほっぺただけが真っ赤に染まった。

「ドジっ子って、私もう三十近いのに。私はただ……ちょっと……うっかり者なだけです」

オレと父は顔を見合わせて肩をすくめた。

確かに母はうっかり者だった。とても頭のいい人なのだけれど一度考え事を始めてしまうと周りが見えなくなる性格で、しょっちゅう物にぶつかる。考え事をしたまま曲がり角を曲がるのを忘れて、そのまま壁にぶつかったことも一度や二度じゃない。このうっかり度を「ちょっと」の範囲で収めるか、「すごく」とするかは、判断の分かれるところだろう。父とオレの意見は一致したようだけど。

でもそれが何だというのだろう。確かに母は、うっかり者ゆえお気に入りの蝶のブローチを失くしたわけだけど、それがポイント？　あ、もしかして……。

「もしかして失くしたのは倉庫？　確か前もお母さん、あそこで雪崩を起こしたことがあったよね。きっと今回も雪崩を起こして、ブローチを落としちゃったんだよ」

オレはどやどやぁと父の顔を見上げたけど、父は笑ったままだ。

「残念。お母さんはヒサくんが言ったとおり、きっちり三十分で来ただろ。つまり途中で、時間がかかる特別なことは起こらなかったんだよ。もしまた倉庫の中身をひっくり返したのなら、それを直すのに、結構な時間がかかったはずだろ？」

なるほど。確かに父の言うとおりだ。

いよいよ答えがわからないオレは、両手を挙げて降参した。「ダメ、わかんない」

父はパイプをテーブルに置いた。ゆらゆらと立ち上る煙が、ゆっくりと天井に消えていく。わざともったいをつけてオレたちを見回す父の顔は、この上なく楽しそうだ。

「お母さんは、一度したミスは二度としないようにきちんと考える聡明《そうめい》な人だ。それなのに、過去に一度失敗をした倉庫に入るときに、何の対策も練らなかったと思うか？　それにもしもそんな出来事があったら、お母さんだって覚えていて、真っ先に倉庫で落としたと思うだろ」

母は小さく頷《うなず》いた。

「倉庫に入るときには、いつも細心の注意を払っています。あそこではブローチを壊しかけたこともあったし、ほこりで汚すのも嫌だから、倉庫に入る前には必ずブローチは外して、ハンカチでくるんで、エプロンの、ポケットに――」

母は慌ててエプロンを探った。でも、ない。そこはさっきも調べたはずだ。

「…………あなた。もったいぶってないで、さっさと答えを教えてくださいませんか？　私はまだこの後、仕事があるのですから」

母の静かな目でじっと見つめられた父は、顔を引きつらせて笑った。母を前にしては、ほんと父は形無しだ。

「ブローチはハンカチに包まれエプロンのポケットへ。でその後、お母さんはどこに行った？」母に優しげな微笑みを向けられた父はさくさく続きを語った。「はい、キッチンですね。そしてそこでお母さんは、うっかりお茶をこぼしたんじゃないか？　ほら、お盆がべとついてたし。そしてお盆をふくために使ったのが――」

――合わせていた手をひざに戻し目を開けると、母さんの顔が視界に飛び込んできた。母さんは、いつものように静かで穏やかな表情をしている。黒く縁取られた枠の中で、今日も悲しげに微笑んでいる。

動かない母さんの表情はまるで他人のようで、最初は違和感があったけれど、最近はもう慣れた。時間というのはいつだって偉大で、写真を見るたびに、積もっていた胸に息がつまるような複雑な感情も、だいぶ薄れてきていた。そしていつかきっと、するすると解けて消えていき、母さんの顔を見ても何も感じなくなるのだろうと思う。

母さんのブローチは結局キッチンの床に落ちていた。お茶をこぼしてしまい焦ってハンカチを取り出したときに、落としたのだろう。つまり母さんのうっかりが原因なのだけど、母さんは家が広いから落とし物をしてしまうのです。悪いのは家なんです。と、言い訳にもならないような言い訳をしていたことを思い出す。

今住んでいる家は、昔住んでいた家とは全然違う。近代的な二十八階建のマンション。その最上階をワンフロアぶち抜いているうちの家は、広さという点だけでは昔と同じだ。母と二人で暮らしているときもこの広さは持て余していたが、母が亡くなってからはすっかり居間と自室しか使わなくなった。他の部屋は人が立ち入ることもない。

今日は朝からどうにもモヤモヤしていた。心の中にはまだ、今朝見た夢の空気が残っているからだろうか。当時住んでいたあの古くて大きな家。探偵の父と庭いじりが好きな母。思い出すだけで、何だか息が苦しくなる。

やれやれ。昔を思い出して気持ちを揺らされるなんて、いったい、いつまで子供のままなのかねオレは。

軽くため息をついてみても、のどの奥にたまった熱いものは出ていかない。自然と、眉間にしわが寄っていくのを感じる。

…………ちっ。わかってはいるんだ。いつまでもちんたらしてないで、そろそろ行動しろってことなんだろ。そのために、十年以上も犯罪行為を続けてきたんだから。

オレは母の仏壇を閉じ、大きく息を吐いた。

本日、大学は自主休講。レポートのほうは、まぁなんとかなるだろう。そんな言い訳ばかり探していたら、いつまで経ってもここで足踏みを続けるだけだ。いい加減、行動してやろうじゃないか。夢の中でとはいえ、久々にあの男の顔を見たら、闘志がわいてきた。

そうと決まればとりあえずは現金だ。どんな場面で必要になるかわからないから、できる限りは用意しておきたい。とはいえ、こんな目的のために母が残してくれた金に手をつける気にはならないから、用意できるのは自分で稼いだ金だけだ。十万。これで足りるだろうか。

次に道具だ。オレは自室にある鍵のかかった引き出しの前にどかっと座り、財布の中にしまってある先の部分が曲がった金属を取り出した。それを引き出しの鍵穴に差し込んで、がちゃがちゃやること三十秒。思わず顔がにやけてしまうような小気味よい音と共に、鍵が回転した。

うん。久しぶりだったが、腕に鈍りはない。

引き出しの中から取り出した道具を、ずらずらと机の上に並べていく。

黒いケースに仕舞われた大小十本はあるピックにテンション。一本ずつ取り出しては、丁寧に布で磨いた。

次に手袋をはめる。透明で薄く、一見して着けているのが分からないところがポイントだ。きゅっと手首が締まる感触に、自然とダラけていた頭がしゃっきりしていく。

小型の集音マイクとイヤホンも、ちゃんと使えることを確かめてからバッグの中に。

その他のものは使わないことを祈りながら、サイドバッグの中に収めていく。ロープや催涙スプレーなど。バッグの中に仕舞うときには、もちろん布で磨くことを忘れない。万が一にも、指紋なんて残すわけにはいかないのだ。

最後に軽くメイクをして、顔の印象を変えておく。記憶を頼りに、ハードワックスで髪を固めて、明るめのファンデーションを肌に乗せる。たいへん苛立たしいが、記憶に残る父と非常に似ている顔の出来上がりだ。

ぐるりと部屋を見渡して、どこにも忘れ物がないことを確認。一切合財万事問題なし。これで準備は終わり。かすかな高揚感。いやが上にもテンションが上がってくる。

これも一つの防衛本能というやつだろう。これから自分の身に危険が迫るかもしれないから、体のほうが勝手に最高のパフォーマンスを引き出せるように準備をしてくれる。つくづく人間の体は、便利にできている。

サイドバッグの中に入れなかったもろもろを引き出しに戻し、テンションとピックを持って引き出しの前に座る。たいていの人は、知らなくていいことだから知らないだろうが、ピッキングというのは開けるときよりも閉めるときのほうが面倒だったりする。世の中で出回っている技術のほとんどは、鍵を開けるための技術ばかりで、閉めるための技術は研究されていない。自分の経験と勘だけが武器だ。

開けるのが面倒な鍵というのは、大体閉めるのも面倒なものと相場が決まっている。とはいえ、開けた鍵はきちんと閉めるのが基本だ。住人に侵入したことがバレないの、とても大切だしな。これも、泥棒のたしなみの一つといったところだろうか。

やれやれ。こんなことを偉そうに語っているなんて、恥ずかしくて母さんに顔向けできんね、ほんと。

かちっと音を立てて、引き出しの鍵が閉まった。今日も腕は問題なし。どんなことでもそうだけど、日々のたゆまぬ練習が、腕を向上させるための一番の近道だ。わざわざこうして、強制的に練習せざるをえないように、この引き出しの鍵をトイレに流して捨ててしまったのも、決して無駄ではないと思っている。

ふふん。誰でもいいから、この真面目な努力家を褒めてくれんかね。ひひひ。まぁ勤勉な犯罪者ほど面倒な存在もないと思うけど。

これが最後の挨拶になるかもしれないから、オレはもう一度だけ母の仏壇の前に戻った。フローリングの床にはまったく似合わない母の仏壇を眺めて、心にわき起こる感情を再確認する。

『お父さんのことは忘れなさい。最初からいなかったものとして扱いなさい。いい？　わかるわね？　ヒサヒトはいい子だからわかってくれるわね？』

幼いころ父のことを尋ねると、母は決まってそう言った。わかってくれるわね？　わかってくれるわよね、いい子なんだから。

目を見れば母さんの言葉が嘘だとわかった。父に捨てられて一番悲しんでいるのは母で、誰よりも父を忘れられないのも母だったのに、そんな気持ちに全部ふたをして、母は前だけを見て生きていた。

写真の向こうにいる母は、いつも穏やかな表情をしている。けれどその胸元には、オレが小さいころはいつもつけていた、きらきらと輝くガラス細工の蝶はいない。ようやっと取り戻してやれる。あの、くそみたいな男――一応、生物上はオレの父親である男から。母が失った大切なものを。

何もない胸元を触り、悲しげな表情をする母の顔が思い浮かぶ。あの家を追い出されてから、母はほとんど笑わなくなった。思い出せる数少ない笑顔は、いつもオレの泣き顔とセットだった。寂しい、悲しいと泣くオレを慰めるときだけ、母は無理をして笑って、オレを慰めてくれた。

幼いころから人の嘘を見抜くことだけは得意だったオレは、その母の悲しい笑顔を見て、この人を守っていかなくちゃいけないと感じた。母さんが心から笑えるように、がんばらなくちゃいけないと感じた。父がいなくなった今、この人を守れるのは自分しかいないのだからと。

でも同時に、母さんを恨めしく思う気持ちもあった。オレに嘘なんかつかないで欲しい。何も隠さずすべて話して欲しい。そんな言葉を何度飲み込んだことだろう。

優しくて、お日様の香りがして、けれどオレのためと言って嘘をつき、何も話してくれない母さん。もしあなたが、嘘は嫌いだと言いながらも、他人には平気でペラペラと嘘をつく今のオレを見たらなんて思うのかね。

………考えても仕方ない。さ、時間がない。早く家を出ないと。

母の仏壇の前で、オレは最後の準備をする。

息を吸い込む。パチパチと瞬きをする。相棒の左手と、役立たずの右手を、一度開いて閉じる。さて。久々のお仕事だ。冷静に、着実に。やるべきことをやろう。

二章　窃盗

中央線で終点まで向かい、そこからさらに京浜東北線に乗り換えて延々と。合計一時間以上もかけて、目的の場所にたどり着いた。異国情緒あふれる駅の内装を楽しむ余裕もなく、オレは足早に駅を出る。

その途中、予定どおりの時間に、オレは一人の制服姿の少女とすれ違った。

ターゲット一人目、確認。現在、神條宅《しんじょうたく》で暮らしているのは三人。そのうちの一人が、神條家の一人娘である彼女だ。平日はいつも八時十五分の電車に乗って、二つ先の駅にある高校まで通っている。イレギュラーはなし。いつもどおりだ。

弾む息を軽く整えて、調査で何度も通ったルートを進む。

道を歩いているだけで、じわじわと汗をかいてくる。体温が上がっているのは、最近だんだん暑くなり始めた気温のせいだけではないだろう。たぶん、珍しく、緊張している。

……あいつが今、あの家にいないことは知っている。海外出張だそうだ。でもいないとわかっていても、気づけば拳に力を入れている自分がいたりして、やれやれだ。落ち着けって。テンション上げすぎると自爆するぞ。クールダウン、クールダウン。気を静めていると、向こうの道からエコバッグを片手に歩いてくる女を見つけた。すれ違いながらこっそりと顔を確認。間違いない。あの家の二人目の住人。神條家の夫人、神條咲《さき》だ。

金には不自由していないだろうに、彼女は必ずこの時間、スーパーの朝市で買い物をしてくる。時間にしてだいたい二時間前後。それだけあれば十分だ。目的のものを盗み出して、家の中でのんびり飯を食ってから出ても、余裕で間に合う。神條咲とすれ違ってから五分ほど歩くと、とうとう昔住んでいた神條家の邸宅が見えてきた。

家の前に立った瞬間、ぶわっといろんな感情が浮かんでくる。むかつく。もしこの手に爆弾があるなら、間違いなくスイッチを押したくなる。そんな気持ち。でもどこかには、やっぱり懐かしさもあって、思わず唇を嚙《か》み締《し》めてしまう。

わかっちゃいる。当たり前だ。一応、幼いころ過ごした家なんだから、多少懐かしいのは仕方ない。しかし、懐かしいなんて思った自分が、苛立たしくて仕方ない。

母がこの家を出てから――父に捨てられて追い出されてから、オレの生活は大きく変わった。学校が変わり、家が変わり、そして家族構成も変わってしまったオレは、相当に戸惑って母に何度も尋ねた。

お父さんはどうしたの？　どうして、お父さんはここにいないの？

母の反応は様々で、悲しそうな顔で「ごめんね」と謝るときもあれば、何も答えてくれず抱きしめるだけのときもあった。そして最後はいつも「ヒサヒトはいい子だからわかってくれるわね？」と、オレの目を覗き込みながら言うのだ。

でも一度だけ、疲れたような声で漏らしたことがある。

「お父さんはね………他の家のお父さんになっちゃったのよ」

見ているこちらが痛くなってくるような瞳に、オレは何も言えなかったのを覚えている。

「だからもう、お父さんのことは忘れて？　ね？　お願いだから」

その言葉を聞いてから、オレは父のことを尋ねるのをやめた。いくら幼くとも、そのときの母の表情を見れば、それが尋ねてはいけないことなのだと、よーく理解した。

ようするに母は追い出されたのだ。新しく来た女に。

だが、正直もう父に恨みはない。そう、どうでもいい。オレはただ取り返すだけだ。

この家に住んでいたとき、母がずっとつけていた、ガラス細工の蝶のブローチ。ここにあることは母から聞いて知っている。どういう経緯で、母があのブローチを父に渡したのかは知らないけど、大方、母の思い出を欲しいとでもあの男が願ったのだろう。あいつはそういうロマンチストなところがあった。

今はもう、母の形見の品となってしまったあのブローチ。オレはそれを、あいつから取り返す。そのために、いろんな探偵の事務所に忍び込んでは、父の居場所――オレが昔住んでいたこの家を探していたのだから。

泥棒なんていう卑劣な行為、母に見つかればただではすまなかっただろう。だが幸いというか何というか、オレには才能があったのか、この年まで誰にも咎《とが》められることなく、オレはいまだに泥棒を続けている。

ほんの一週間前。たまたま盗みに入った探偵事務所で、この家の写真と住所を見つけた時の、虚しさを伴った達成感はまだ鮮明に心に残っている。

できれば母には、生きている間に渡してあげたかった。

もう今さら自己満足なのかもしれない。結局、母は病気で亡くなるそのときまで、悲しい笑顔のままで、オレが誓った母を守るという言葉は、何も果たせずに消えていった。

それでもこれはケジメなのだ。たとえもう遅いとしても、あのブローチを盗み、母の仏壇に供える。そして泥棒はすっぱりとやめる。それでもう昔のことは二度と思い出さない。さっさと終わらせて、家に帰って、飯食って寝る。よしっ！　やるか！

神條家の邸宅は静まり返っている。オレが住んでいたときと同じで、部屋の数が両手の指では足りないほどなのに、使用人の一人もおらず、家族三人だけで暮らしている。そして今は、その全員が外出中だ。

表玄関は鍵穴を覗き込まなくてもわかるほどに、堅牢《けんろう》な鍵がかかっている。おそらくこの建物が建てられた当時の、最新の防犯技術が使われているのだろう。技術というものは日々進歩していくものだけど、鍵というのは意外にこれに当てはまらない。安定した技術により工場で大量生産される現代の鍵とは違い、昔は一点物の鍵を職人自ら作ることが今よりも多く、世間では知られていない独特の技法なんかも使われていて、開けるのが非常に困難らしい。実際にそういった鍵を見るのは初めてだが、果たしてオレの腕で開けられるのだろうか。

いったん表玄関から離れて、今度は庭のほうを見て回る。困難に真っ向から立ち向かおうとするほど、オレは熱血じゃない。ようは中に侵入するという目的が果たせれば、何でもいいのだ。

今の住人は庭にあまり興味がないのか、庭の草は伸び放題に伸びていて、見る影もない。裸足で歩くと気持ちのよかった芝生も、今は靴ありでもちょっと歩きたくないほどに荒れ果てている。母が手入れしていたときは、四季折々の花が咲き乱れていて、幾重にも折り重なる香りとともに、目も鼻も楽しませてくれたのに。

庭に面している窓には、どれも鍵がかかっているように見える。普段から開けられることはないのか、大きなクモの巣が張っていた。鍵さえどうにかすれば、どうやらここから侵入することはできそうだ。

そのまま庭を大きく回り、家の裏手に着いた。ここにも入り口がある。いわゆる勝手口というやつで、台所へと続いている。個人的には、防犯上の観点から入り口を複数作るのはオススメしない。入り口が増えれば、どうしたって侵入者への対策がおろそかなものができてしまうからだ。

この勝手口なんかはまさにそうで、せっかく表玄関はあんなに厳重なのに、こちらには鍵すらついていない。これではぜんぜん家屋への侵入を防げていない。まったく。甘いね、ほんと。

——と、思うのは、二流の泥棒だ。

こういう古い家は、最新の防犯システムなど導入していない場合が多いが、油断はしない。なにせここは探偵の邸宅だ。底意地の悪い仕掛けがあるに決まっている。

これはいわゆる、ハニーポットという罠《わな》だろう。わざと泥棒が入りやすいような入り口を一つだけ作っておき、その入り口から一番近い部屋に、そこそこ高価な品を大量に置いておく。そうして泥棒が目の前のお宝に目がくらんでいる間に、ドアが開いた時点でこっそり通報を受けていた警備員が乗り込んで一網打尽にするのだ。

開けるなら、あの表玄関がベストだろう。住人が普段から出入りする入り口は、経験上警報装置はついていないことが多い。いちいち警報をオンオフするのがうっとうしいと住人に嫌がられるから、警備会社のほうも設置をためらうのだ。普段は通らない裏口や窓にだけ警報装置をつけて、入り口は強固な鍵で固める。これが一番スタンダードな防犯方法だ。

表玄関に戻り、鍵穴の前に座り中を覗き込む。案の定、見たこともないタンブラーだ。やれやれ、困ったものだ。

見たこともないタンブラーというのは、術式も確立されていない難病の手術に似ている。大量生産されているがゆえに、ある程度決まった開け方が存在する普通の鍵とは違い、ピックを突っ込んでみるまで内部の構造もわからないから、今まで積んできた経験と、とっさの判断力だけが、唯一の武器となる。

息を吸い込む。パチパチと瞬きをする。相棒の左手と、役立たずの右手を、開いて閉じる。よし。どこも万事問題なし。さて、始めるか。

左手に持ったピックでまずは中の構造を慎重に探る。ピックが鍵穴の中を進むたび、ここに本来入るであろう鍵の形が頭の中に浮かんでくる。大体の構造把握を終えると次に、一回り小さいピックに持ち替えて、鍵の凸凹《でこぼこ》を押していく。

じんわりと全身に汗をかいてきた。流れる汗がこめかみを伝って流れ落ちていく。でもぬぐう余裕なんてない。少しでも気を抜けば、せっかく固定しているピックが外れてしまう。

くそっ。わかってはいたが、なかなか難しい。ここに入るであろう鍵の形を、うまく想像できない。

ピックがきっちり鍵の凸凹にフィットしている感触はあるが、これで正解かと言われると自信がない。だがこのまま立ち止まっているわけにもいかず、ピックを右手に持ち替えて、今度はテンションを取り出す。

右手は左手ほど精密ではないので、ちょっとピックを握っているだけでぷるぷるしてくる。両利きになるようそれなりに練習はしたけど、やはり利き腕ではない右手では、左手のサポートをするので精一杯だ。

差し込んだテンションをゆっくりひねると、少しずつではあるが鍵が回る感触がした。だがテンションの形が合わないのか、うまく力がかからず、すぐに元に戻ってしまう。慌てず、騒がず、焦らず、別のテンションを試してみる。

汗ばむ手で、さっきより少し力を強くして、テンションを回す。

ぎりっぎりっ。

金属がこすれる音がする。いいぞ。さっきよりも回っている。

かたんっ。

重厚な回し応えとは違い、解錠の音は思ったよりも軽かった。道具をすべてしまい、ドアの取っ手をひねる。

思わず顔がにやけてしまった。時計を見るとわずか五分。それだけで、あっさり中に侵入できてしまった。どうやらオレの腕も、なかなか捨てたもんじゃないらしい。

いやいや、油断するなっと。まだ最初の入り口を突破しただけじゃないか。

入り口近辺、主に扉の周囲を見渡す。大丈夫。警報装置の類は設置されていない。

思わずため息が出た。安堵と気合が半々といったところか。

「さ。じゃあ母さんのブローチを取り返させてもらおうか」

入り口の鍵をきっちり閉め直してから、さっそく邸内を見回す。

内装は昔とほとんど変わっていなかった。じゅうたんの汚れや壁の傷は年月の経過と共に増えているが、大まかな記憶に残る風景と変わらない。そこらの柱の陰から、今にも子供のときのオレが飛び出してきそうな感じだ。

首をぶんぶんと振る。どうにもこの家にいると集中が乱される。さっさと仕事を始めないと、致命的なミスをしてしまいそうだ。

母の形見、あのガラス細工の蝶はどこにあるのだろう。やはりやつの部屋だろうか。一番怪しい場所は、一番やる気も体力もある最初に探すに限る。

あのブローチは母にとって、楽しい思い出の象徴のようなものだった。何か楽しいことがあったときや、テレビで家族物の番組がやってたときなど、母は無意識のうちに、胸元の蝶に手を当てた。まるで幸せというものの手触りを、しっかりと確認するみたいに。

そのときの母の笑顔はいつも幸せそうで、オレもつられて笑った。母が笑っているというだけで、なぜか自分まで楽しくなった。

でもこの家を出て、蝶のブローチを失ってからは、そんなこともなくなった。蝶がいなくなっても、母の癖はすぐには直らなかった。胸元を探った手は、いつも何もつかむことはなく、母は下を向いて苦笑するのだ。何をやっているんだろう私はとでも言いたげな顔で。

そんな癖も、日々の忙しさの中でこの家の記憶が薄れていくのに合わせて、いつの間にかなくなっていったが、今でもそのときの母の寂しそうな顔を忘れることはできない。あの寂しそうな顔を消すには、きっとあの蝶のブローチでなければダメなのだ。

神條拓真《たくま》の書斎は、本の重みで床が抜けかけたことがあってから、一階に移ったはずだ。部屋の配置が変わっていないなら、見取り図などなくともすぐに場所はわかる。

神條拓真の書斎の前に立つと、さすがに緊張した。あいつが今、この家に帰ってきていないことは一週間もかけた調査でわかっていることだけど、改めてここに立つと、そんな事実を飛び越して体が感じてしまう。

この先に父がいる。いつものようにパイプをふかして、オレが入るとニヤリと笑う。

『さて、ヒサくん。今日のキミは、どんなお話をご所望なのかな』

あまりにもメルヘンチックな想像に、思わず苦笑してしまった。あの野郎がもし万が一、部屋にいたら？　その時は泥棒から強盗に早変わりするってのも悪くない。

数度深呼吸を繰り返し、ドアノブを握る。けれど一気に開け放つ勇気は持てない。

パイプの香り漂う扉を少しだけ開け、中を窺った。当然だけど父がいつも座っていた椅子は無人だった。強張っていた体からするすると力が抜けていくのを感じ、オレは慌てて気合を入れ直す。本番はこれからなんだ。ここで緊張を解いてどうするよ。冷静に、着実に。基本原則、忘れるな。

一息入れたのち、今度こそ扉を完全に開けた。書斎に父の姿はない。けれど無人ではなかった。

そう。そこには、一人の泥棒少女がいたってわけだ。いったい、何なんだ……。

三章　身元調査

泥棒少女にお茶を淹れさせている間、リビングに置いてある昔とは違うやたらと柔らかいソファに身を沈め、頭を抱え込んだ。いったい、何をどう間違えてこんなことになってしまったのだろうか。一週間前盗みに入った探偵事務所で、ここの写真と住所を見つけたその日すぐに行動していれば、別の泥棒と鉢合わせなんて事態にはならなかっただろうによ。調査にかこつけて、これまでだらだらと一週間も決断を先延ばしにしていたツケがこれか。

この時間は、絶対安全なはずだった。母親は、スーパーの買い物に行っていて、帰ってこない。彼女はどれほどお金を持っていても、割引で買える可能性のあるものは割引で買うというポリシーの持ち主のようで、朝のセールタイムが終わる十一時まで帰ってくることはない。少なくともこの一週間は、必ずそうだった。

娘は学校。父は現在、どこかの外国の太陽の下にいるはずだ。ゆえに三人家族のこの家に、他の人間がいるはずはないだろう。さて、ではいったい、あの泥棒少女は、誰なのだろう。考えたくはないがやはり同業者なのだろう。オレの少ない人生経験では、人様の家の棚を漁る人種なんて、泥棒か勇者しか思いつかない。オレの勘が正しければおそらく勇者ではないだろうから、やはり泥棒なのだろう。

なんだか頭痛がしてきてこめかみを押さえていると、お盆を持った泥棒少女がリビングに入ってきた。

「お兄さん。飲み物を淹れてきましたよー」

泥棒少女が戻ってきたので、兄の演技再開だ。少しでもこの少女の情報を探り、穏便に追い出さなければ。

「ありがとう。妹お手製の一杯だ。心していただかないとね」

カップに余計な痕跡を残さないためにも本当は飲む振りにしたかったが、泥棒少女が何やらカップを受け取ったこちらの様子を気にしている。どうやらごまかせそうにない。仕方なくオレは、中身をすすり——そうになり異変に気づいた。カップの中に入っている液体には色も香りもない、ただ熱いだけ。二文字で表すなら『熱湯』だった。

「ええと……お湯？」極力笑顔を保ちながら、必死に顔が引きつらないようがんばる。

「ふふ。確かお兄さんは、ただの白湯が好きでしたよね。お兄さんが白湯好きでよかったです。あははー。今日は、たまたま、偶然、コーヒー豆を切らしていましたから。お兄さんがコーヒー好きだったら、困っていたところです。あーよかった」

泥棒少女は目を逸らし気味である。明らかな嘘つきである。嘘つきは泥棒の始まりだと思う。

オレの調査が確かならば、神條咲は無類のコーヒー好きで、近くの店の豆を欠かさず購入していたはずだ。というか昨日、購入したのをこの目で確認した。昨日から今朝にかけて、百人規模のパーティでもあったのでなければ、豆がないなんて事態はありえないだろう。

この女、豆を仕舞っている場所を知らないんだな。

泥棒少女の情報に新たな記述が加わる。しかし、豆がないからとお湯を出すのはどうかと思う、さすがに。人には平然とお湯を出しておいて、自分は瓶入りのオレンジジュースを飲んでいるのが腹立つ。

「おいしいですか？　白湯」「……ああ」

何とかお湯を飲み終えた。さて、泥棒少女の正体を探るぞと、視線を向けると、少女の後ろにあるキャビネットの上に家族写真が飾られているのを見つけた。そこに写っているのは、オレによく似た男——父と、神崎咲。そして二人の間に娘。今朝、駅ですれ違った少女だ。わかってはいたことだが、目の前にいる泥棒少女とは似ても似つかない顔だ。

写真の三人は全員揃って笑っている。幸せそうな家族を見ていると、心には、何度も捨てたいと願った小さな疼《うず》きがよみがえる。

……などと、ノスタルジックな思いに浸っている場合ではない。まったくもって、そんな場合ではない。

「どうしましたお兄さん？　少し汗をおかきになっていますけど。暑いですか？」

「い、いや。なんでもないよ」

まずい。まずいぞ。今この少女が振り向くと、明らかに自分ではない少女が写っている家族写真を発見することになる。オレが写真にいないのはいい。海外留学をしていたということにすればいいのだ。でも、この少女がいないのはおかしい。ごまかしはきかない。泥棒少女は妹ではないとオレにバレ、オレは妹とは似ても似つかない少女を妹と呼んでいたことがバレる。バレる。バレてしまう。

まずったな。軽率にこの女の嘘に乗っかったのは、失敗だったかもしれない。

「わ、悪いんだが、何か軽いものでも作ってくれないか。少しお腹が空いたよ」

「えー、めんどくさいです。さっきから、妹をこき使いすぎですよー」

ふざけるな！　この張り詰めた緊張感が伝わらないのか！　と、怒鳴りたいのは山々だが、そうもいかない。

「頼むよ。お腹が空いてたまらないんだ」

「申し訳ないですけど、料理は苦手なんです」

……………くそっ。「大丈夫。冷凍庫には、冷凍食品があるはずだから、それをチンするだけでいいから」

「そうですか。それなら、作ってあげてもいいです」

……助かった。なんで海外から帰ってきたばかりという設定のオレが、神條咲が購入した冷凍食品の事情を把握しているのかと突っ込まれたらまずかったが、なんとか泥棒少女はキッチンに向かってくれた。少女が視界から消えると同時に立ち上がり、写真立てを倒す。やれやれ。

「お兄さん。カレーピラフとエビピラフ、どっちがいいですかー？」

思わず全身が硬直した。

突然ひょっこり顔を出した泥棒少女のほうへ、必要以上に時間をかけてゆっくりと振り向く。「か、カレーピラフがいいかな」何とか笑顔は作れただろうか。自信がない。

「そう。わかりましたー」ニッと笑い、泥棒少女は引っ込んだ。

どっと疲れ、オレは座り込む。くそっ！　オレも向こうも、嘘をついているのは同じはずなのに、何でオレだけが苦労せにゃならんのだ！　戻ってくるときは一声かけてから戻ってこいよ、ほんと！

落ち着こう。とりあえず落ち着こう。今は、己の不幸を嘆くよりも先に、考えるべきことがあるだろう。

オレはやつを泥棒少女だと思っている。そしてもしそうだとすると、あいつはオレとは違いずぶの素人だ。

オレは万が一にも指紋が残らないようにと、泥棒御用達の一見着けているのがわからない透明な手袋を着用している。カップだって、口をつけた箇所はきちんとふいた。それに対し泥棒少女は、さきほどから無防備にべたべたと指紋を残している。今日び、二時間ドラマの犯人でも指紋には気を使う。泥棒少女が恐ろしいほどのノンキ者でない限り、あれほど無防備に振る舞える理由は一つだ。

泥棒少女は、この家に指紋があってもおかしくないくらいに、一家の誰かと親しい。だとすると……事態は恐ろしくまずいことになっているようだ。

「お兄さーん。できましたよー」

カレーの香りとともに、泥棒少女がやってきた。今度はちゃんと、お皿にスプーンもついたまともな状態だ。さすがに食器くらいは見つけられたらしい。よかった。

「お兄さんはインドが好きだから、確かご飯は手づかみだったよね」とか言われたら、どうしようかと思っていた。

片手には、自分の分のエビピラフも持っている。ちゃっかりした娘だ。盗み先で飯まで食うとは実に図太い。

嬉《うれ》しそうにスプーンを構える少女。その前でカレーピラフをかきこみながら、思考を激しく回転させる。これを食べ終わるまでには、方針を決めねばならない。

泥棒少女と遭遇してしまったのは、不測の事態だ。いつものオレならば、泥棒少女と遭遇した時点で、逃走を図ってもおかしくない。リスクの多いこの仕事、少しのイレギュラーでも重く受け止めなければいけない。

けれど今回は母の形見を取り返すまでここを逃げ出すわけにもいかない。それにそれ以上に、このまま逃げるとかなりまずい事態になるというのもある。

チラリと泥棒少女を見る。エビピラフを口いっぱいに頬ばった笑顔が返ってくる。オレもぎこちない笑顔を返す。

泥棒少女が、この家の誰かと親密だとする。相手は不明。少なくともオレの調査範囲に、この少女はいなかった。年齢から考えれば、母親、神條咲の知り合いということはないだろう。神條拓真の知り合いでもないと信じたい。やつが自分の娘と同じくらいの女の子と知り合いという想像はあまり楽しくない。順当に考えれば、娘と知り合いなのだろう。一番可能性が高いのは、クラスメートだろうか。

何にせよこの少女は、顔見知りの家に泥棒に入ったことになる。土地勘があるからか、あるいはこの家が金持ちだと知っているからかはわからないが、もしオレがこのまま逃げた場合、起きるであろう流れは想像がつく。

オレが逃げる。泥棒少女は泥棒行為にいそしむ。後日、泥棒が入ったことがバレる。もしそのとき、泥棒少女が疑われたら彼女はこう言えばいい。「そういえば、怪しい男の人を見ましたよ。顔も覚えています」

少女の証言は致命的だ。泥棒が入った家。怪しい男を見たという少女。少女が言う人相は、オレの顔と酷似している。どんな名探偵であっても、オレが犯人だと口を揃えて言うだろう。顔がバレている以上、捕まるのも時間の問題だ。

くそっ！　どうすればいい！

考えがまとまらず、思わず頭を抱えそうになったそのとき、玄関からインターホンの音が聞こえた。オレと泥棒少女は同時にびくっと震える。

「だ、誰か来ました」「そ、そうだね」

「い、い、い、今はと、取り込み中ですから、い、居留守……使っちゃいましょうか」「い、いやいや、お客様を追い返しちゃいけないだろう」

兄と妹という設定を忘れてはいけない。居留守を使いたいのは二人の共通の想いだろうが、家族の振りをしている以上、それは不自然すぎるだろ。

「え、えと……じゃ、じゃあ、私、行ってきますね」

立ち上がった泥棒少女の後ろを、少し遅れてついていき、こっそりため息をつく。ため息をつくのにもいちいちバレないように気を使わなければいけないのが切ない。

この先の方針も決まらないまま、そのうえ来客。何でオレがこんな目に遭うのだろう。いったいオレが何をしたというのだ………泥棒をしたか。はぁ……。

インターホンのカメラの位置は昔と変わらず、シックな白い壁紙に少しも合わない無機質な姿でそこにあった。画面を確認すると、宅配業者だった。よかった。これなら、荷物を受け取るだけですむ。玄関の前で佇《たたず》みこちらを見ていた泥棒少女に頷く。泥棒少女も頷きを返し、玄関を開けた。

「アオヒゲ宅急便でーす。お荷物をお届けに参りましたー」「ごくろうさまですー」

応対は泥棒少女に任せながら、のんびりと玄関に近づく。さすがに荷物を受け取るだけだから何もないとは思うが、念のためだ。

「サインかハンコいただけますかー」「ええと、サインでいいですか」

そうだな。いい感じだ。ハンコを探そうにも、場所がわからないからな。

「はいー問題ないですよー」「……はい。書けました」

「……柳《やなぎ》……様ですか？　失礼ですが、こちらは神條様のお宅でしたよね？」

……………………おい。

ダッシュで近づいた。伝票をかっさらい、とりあえず父のフルネームを書いておく。

「どうぞ」オレの迫力に笑顔を引きつらせながらも、宅配業者は伝票を受け取った。

「は、はいー。神條拓真様ですねー。ありがとうございましたー」

ありえない……どこの世界に、泥棒に入った先で、うっかり違う名前を書くなんていうことがあるんだ……。柳、それが泥棒少女の本名なのか。

少女の情報に、新たなる一ページが刻まれる。ついでに、この少女がかなりのうっかり者だという情報も加えておく。間違っても、核ミサイルの発射スイッチなどは持たせてはいけない人材だ。

声なき悪態をつきリビングに戻ろうとしたが、なぜか宅配業者は帰ろうとしない。

「どうかしましたか？」「いえ、代引きですのでお金を頂かないと帰れませーん」

宅配業者のしゃべり方に若干イラつきながら、財布を取り出す。

「いくらですか？」「九九八〇〇円ですー」

鼻血が出るかと思った。

九九八〇〇円？　九九八〇〇円って何円だよ？　ふざけるなよ、それだけあれば、牛丼が何杯食えると思ってるんだ！　くそっ！　何でオレが、そんな大金を払わなけりゃいけないんだ！

——落ち着け。落ち着こうオレ。こういう不測の事態に備えて、軍資金は用意していただろう？　きっちり十万円も用意したんだ。さすがオレ。完璧な準備じゃないか。

財布の中の札を数える。一枚、二枚、三枚、四枚……一枚足りない。あれ、おかしいな。

もう一度数える。一枚、二枚、三枚、四枚……一枚足りない。

どこぞの幽霊のように、未練がましく札を数えていたオレは、つい数十分前の出来事を思い出した。

——ははは。まったく、うちの妹さんは、しっかりしてるなぁ。あんまり無駄遣いをするんじゃないぞ。

——たらたったらーん♪　一万円。ゲットでありまーす！

死ねばいいのに、数十分前のオレ。

ゆるゆると後ろを振り向き、事態を見守っていた泥棒少女に懇願する。

「愛する妹よ。大変申し訳ないのだけど、さっきの一万円――」「イヤです」

食い気味に断られた。いや、気持ちはわかるぞ。オレだって、人に金を貸すのはキライだ。だがここは、空気を読めよ泥棒少女！

「そこをなんとか」「ぜっっったいイヤです」

後ろから宅配業者の声も聞こえてくる。「あのー早くお金頂けませんかー」

「うるさい、黙ってろ！　これは家族の問題なんだ！　――さぁ、妹よ。オレに一万円を返すのだ」「お兄さん。親しい間柄だからこそ、お金の貸し借りはしないほうがいいんですよ。返すのも貸すのもナシです」

宅配業者はしつこく声をかけてくる。「そんなー。次の配達もあるんですよー」

「そっちの事情など知ったことか！　――で、だ。妹よ。キミの言うことは正論だが、オレは困っているんだ。どうにか、その論理を情で飛び越えてはくれまいか」「うーん。しょうがないなぁ。一筆書いてくれるならいいです」

ぐうとのどが鳴った。筆跡を残すのは嫌だが、仕方あるまい。

オレは手帳に『一万円を借りました』と書き、泥棒少女に渡した。

少女はそれをしげしげと眺めると、うむ、よろしいと言わんばかりの大仰さで頷き、さらさらと何かを書き込み、オレに渡してきた。

「確かに、借用書を確認しました。サインも書いておきました。ちゃんと返してくださいね」

そう言うと、一万円を差し出してくれた。突っ込みはすまい。借用書を借りた本人であるオレに渡してどうするんだとか、借用書に『柳野花《のばな》』と、本名らしき名前を書くなよとか。オレも学習したのだ。こいつに付き合っていたら、タイムリミットの十一時など、あっという間に過ぎてしまう。

金、金とうるさい宅配業者に十万を払って追っ払い、ようやく人心地ついた。

「お兄さん。いったい何が届いたんですか？」「ああ、何だろうねぇ」

伝票を見ただけでは中身はわからない。とりあえず生ものではないようだ。

「開けてみませんか？」「そうだねぇ」

いや、開けるわけないぞ。冗談だぞ。

なのにこの泥棒少女ときたら、オレの冗談を真に受けて、さっそく荷物に手をかけている。こいつは、自分の立場を忘れているのか。どこの世界に、盗みに入った家の荷物を開けるバカが――いるんだよ……本当に。開けるなよ……ありえんだろ……。

嬉々として梱包材をどけていく少女を止める気力もなく、ぼんやりと様子を見守る。

「ワンピースですー！」

ワンピースらしい。

「これって、もしかしてもしかすると、私へのプレゼントでしょうか」

もう、そういうことでもいいんじゃないか。

何だかもう、投げやり気味な気分で少女を眺めた。明るいみかん色をした、胸元のリボン以外に飾りのない今時珍しいシンプルなワンピースは、サイズからして明らかにこの家の娘に贈られたものだろう。ならばここで、オレの妹という立場を獲得しているこの少女を止める理由はないのだ。残念だが。

「………嬉しい……」少女は、今にも泣き出しそうな顔で、ワンピースを抱きしめている。「お兄さん……ありがとうございます……」

たかが服一着のことなのに、こちらが戸惑うくらいに喜んでいる。こんな様子を見せられたら、無意味にいい気分になってしまう。こいつは本当に立場がわかっているのか。そんなに喜んでいる場合じゃないだろう。くそっ！

「えと、せっかくですから、着替えてきますね」

幸せそうな顔でパタパタと消えていく少女の背中を見ていたら、胸の奥から、懐かしい暖かさがわき上がってきた。少女の背中は、この家で暮らしていた幸せだったころの自分と重なって見えてしまう。

……落ち着こうオレ。相手は、オレの命運を握っているやつなんだ。下手な感情移入は命とりになるんだぞ。そのことを自覚しろよ、ほんと。

少女の着替えを待つ間、再びリビングのソファに戻り、身体を沈みこませた。この身体すべてを包みこんでくれる感触にも割と慣れた。けつも、この感触とあと一時間でおさらばするのを惜しんでいるようだ。

オレは考える。オレが平和的にこの窮地から脱し、叶《かな》うなら、あの泥棒少女も傷つけずに終わらせる方法を。不可能にも思えるような注文だったが、落ち着いて考えれば、方法がないわけでもなかった。

ようは泥棒行為が行わなければいいのだ。オレはこのままこの家を出ていく。神條咲が帰ってくる十一時までにだ。そしてさらに、泥棒少女の盗みもやめさせる。

つまり少女が、この家に盗みに入った理由を探り出し、それをオレは盗む。そうすれば、この家では何も犯罪は起こらない。警察に通報されることもなく、オレも捕まることはない。八方丸く収まる、完璧な計画だ。蝶のブローチは、後日あいつがいないときにでも、改めて盗みに来ればいい。

泥棒をしている理由を盗む、ね。どこぞの三世が盗んだものよりは、遥かに楽だな。

「お待たせしました」ドアの開く音がした。オレは嘘を再開すべく、少し顔に力を入れて少女のほうを向いた。

リビングに一瞬光が射したように思えた。

そこにはみかん色となった少女がいる。とても似合っていた。泥棒少女のはにかんだような笑顔を前にしては、似合っているとしか言いようがあるまい。

「似合っていますか？」「あ、ああ、もちろん」

えへへとテレる少女。頬を染めて喜んでいる姿は、心の弱い部分をちくちくと刺激してくる。無理もない。だってそれは、母があのブローチを手入れしていたときの表情にそっくりだったから。

「お兄さん？　どうしたんですか？　初恋の人でも思い出しましたか？」

いつの間にか、泥棒少女が隣に座っていた。オレの手の上に小さい手を重ねている。加えて安心しきった笑顔。こいつ、妹という演技をばっちりこなしてくる。

そうだ。今は感傷に浸っている場合じゃないだろ。この少女を改心させなければ、オレもこいつも、間違いなく不幸になるのだから。

息を吸い込む。パチパチと瞬きをする。相棒の左手と、役立たずの右手を、開いて閉じる。よし。どこも万事問題なし。さぁ、始めるんだ。今日初めての、仕事らしい仕事だ。

隅々までやる気が満ちたオレは、泥棒少女の正体を探るための一声を発し——ようとしたところで、インターホンが鳴った。

オレと少女は怯えたように顔を見合わせる。そして慌てて、笑顔を作る。

「ま、またお客さんですね」「そ、そうだね。お客さんが来たなら……無視するわけにはいかないね」

なんだってこう、客ばかり来るんだ！　この時間は、本来なら誰もいないってことを知らないのか！　くそっ！

二人でびくびくと玄関に向かう。インターホンについているカメラを覗き込んだオレは——そのまま気絶しそうになった。

「ど、どうしたんですか、お兄さん？」「なんで警官が来るんだよ……」

少女がひっと息を呑《の》む。じりじりとリビングに戻ろうとするその細腕を、がしっとつかんだ。

「何も怯えることなんてないだろう？　オレはお兄さん。キミはオレの妹。何も悪いことなんてしてないんだから。な？」

「そ、そうですよね。警察なんて、少しも怖くない……怖くないんです……」

必死に言い聞かせる泥棒少女のつぶやきを聞き流し、玄関のドアに向かう。その間に、思考をひたすら回転させる。

警察がこの家に来る？　理由はなんだ？　誰かが通報した可能性は低いはずだ。外にバレるようなことはしていない。おそらくたいした用事ではない。うまくごまかして、追い返せばいいんだ。

覚悟を決めて扉を開けると、警官の制服が目に飛び込んでくる。うう……胃が痛い。

「申し訳ありません。突然押しかけてしまって」

白髪混じりの中年の警官だ。ぱっと見、誠実そうだが、この場合、誠実な人のほうが面倒だったりもする。

「ええと、警察の方が何の御用ですか？」

「あ、はい。神條探偵に用事があったのですが」

オレと泥棒少女を見てくる。動揺を外に出さないよう微笑み続けながら、さりげなく中年の警官と泥棒少女の間に立つ。泥棒少女はもう誰が見てもわかるくらいに、きょときょとと視線が揺れていた。くそっ！　この子を玄関に連れてきたのは失敗だったか。今からでも遅くないから、リビングに戻すか。

そうしてオレが逡巡《しゅんじゅん》している間も、警官は話を続けていく。

「申し訳ありませんが、お取り次ぎをお願いできますか？」

取り次げと言われても、あいつは留守だ。電話番号すらわからんよ。さて、どう言い訳したもんか。

「神條探偵はまだ海外で仕事中なんです。申し訳ありませんが携帯番号をお教えするわけにはまいりませんので、お名前を教えていただければ、後ほど私のほうから連絡しておきますよ」

さらに、警官を追い払うための嘘を追加する。

「私のほうは、神條探偵より一足先に仕事から帰ってきたばかりなんです。今日はこのまま休みでして。ははは。まだちょっと、時差ぼけが残っていて眠いんですよね」

言外に『眠いんだから帰れよ』と言ったつもりだったが、警官は鈍感なのか無視しているのか、帰る素振りも見せずに言葉を続ける。

「なるほど。では、ご連絡お願い致します。ところで後ろのお嬢さんは？　今日は学校じゃないんですか？」

面倒なことを気にするなよ。こっちをじろじろ見ていたのは、泥棒少女のことが気になっていたからか。

いくつか浮かんできた嘘の中から、もっとも無難な一つを選択し、警官に伝える。

「妹は体調が悪いん……」「今日は開校記念日なんです！」

一瞬、時間が止まった。

警官は訝しげな表情をしている。そりゃそうだろうな。兄と妹の言い分が一致してないのだからな。そりゃ、おかしいと思うだろうよ。

泥棒少女のほうはダメだ。オレと発言がかぶってしまったのに動揺し、あわあわとしている。オレはかたくなに微笑みを作り、何とか嘘を紡ぎ続ける。

「いや、今日は妹の学校の開校記念日で、本当は一緒に遊びに行く予定だったのですよ。けれど熱が出たので、こうして家で休ませているわけです」

警官は納得したように「なるほど」と頷いた。ふぃー。とっさの舌先三寸が冴《さ》え渡《わた》ってくれて助かった。

「それで？　まだ何か御用でしょうか？」

微笑みの中に、『早く帰れよ』という思いをこめる。兄は時差ぼけで眠くて、妹は熱があるんだぞ。普通ならさっさと帰るだろ？

だがオレの願いもむなしく、警官が立ち去る気配はない。

「ああいえ、少しだけ気になることがありまして」警官の目がきらりと閃く。その視線は、まっすぐオレを見ている。「あなたはいったいどなたです？　神條探偵とは何度かお会いしてますけど、あなたにお目にかかるのは初めてですよね」

背中にじわっと汗が噴き出た。

疑われていたのはオレだったのか。まさか、泥棒だとバレているのか？　いや、落ち着け。いくら何でも、それは発想が飛躍しすぎだろう。ここはオレが父の助手だという嘘を貫き通せ。

「私は、父の助手をやっている、探偵の卵なんですよ。仕事にケリがついたんで、父より一足早く、海外から戻ってきたところです」

「そうなんですか」警官の目に納得の色はない。「私の記憶が確かなら、この家にお住まいなのは、奥さんと娘さんのお二人だけだったはずですが。息子さんがいるなんて、初耳です」

とっさに、言い訳の言葉を口にしようとしたが出てこなかった。

オレだって、間違いなくこの家の住人だったはずだ。あの男の息子で間違いないはずだ。でも世間的にはそうじゃない。そんなことわかっていたのに、他人から言われると、不快になった。

言葉が出てこない。思考だけがむなしく回転する。失敗した。即座に、警官の発言を笑い飛ばして時間を稼いでいる間に、いつものようにとっさの小嘘で乗り切れば何も問題なかったのに、下手に黙ったせいで、おかしなことになってしまった。まずい。まずいぞ。警官が疑いの目で見てきやがる。

そのとき、焦るオレの視界に、小さな背中が入ってきた。いつの間にか、オレの前に誰かが立っていた。

「私のお兄さんに、なんてことを言うんですか！　失礼にもほどがあります！」

泥棒少女が、小さな身体を精一杯大きく見せて、オレを守るように立ちはだかっていた。

「お兄さんは、間違いなくこの家のお兄さんです！　家庭の事情でずっと海外に住んでいたから、ご存知ない人も多いですけど、間違いなく私のお兄さんです！　それともなんですか！　この家の娘である私の言葉が信じられないと言うのですか！」

正直、危ない賭けだと思う、この泥棒少女の言葉は。警官が娘の顔を覚えていたら、一発でアウトだし。

だがめちゃくちゃな賭けではあったが、泥棒少女の剣幕は伝わったようで、警官はしまったという顔をして、深々と頭を下げた。

「失礼しました。怒らせるつもりはなかったのですが。ご不快に感じられたのなら謝ります。本当に申し訳ありませんでした」

強張った身体から力が抜けていった。普段なら、疑っておいて謝るだけですますのかとか責め立てるところだが、とてもじゃないがそれどころじゃなかった。必死にこらえているけど、ひざが震えるのを止めるので精一杯だ。

「しかし、気をつけてください。このお宅は、いかにもお金を持っていそうな外観なのに、セキュリティが甘い。こういう目立つ家は、本当に泥棒に狙われやすいので、セキュリティはしっかりしたほうがよいかと思います。よろしければ、私が懇意にしている業者を紹介しますよ――あの、聞いておられますか？」

我に返り、警官の問いに答えた。

「ああ、はい。今度、父や母と相談しておきます」

「とりあえずこちらも、この家を巡回ポイントの一つとして、警戒態勢を強めてはおきますが、どうか自衛も怠らないようにお願いします」

ようやく警官が背中を向けてくれた。思わずため息をつきそうになる。

「あ、そういえば」警官が振り向いた。慌てて、ため息を呑み込む。

「な、なんでしょう？」

「一応、家族構成を教えていただけますか？　パトロールの際に必要なので。ついでに、普段、家にいる時間帯なども教えていただければ」

ふー。心臓に悪いぜ。帰り際の刑事の「あ、そういえば」ほど、性質《たち》の悪いものはない。二時間ドラマの世界では、犯人にとっての死亡フラグ第一位だからな。

パトロールの際、この家に入る人物が、不審人物なのかどうかを見分ける情報が欲しいのだろう。問題ない。この家のことは大体調べてある。思う存分、情報を持っていくがいいさ。

「私は神條久人《ひさひと》です。この家の長男です」とりあえず少しでも疑わしさを消すために、下の名前は本名にしておく。続いて、泥棒少女が作ってくれた嘘にも、きちんと乗っかる。「大学が海外だったので日本にはしばらくいなかったのですが、今日は久しぶりに、妹の顔を見に帰国しました。またすぐ仕事ですから、いつ家にいるかはちょっとわかりませんね」

手帳を取り出しメモを取る警官。わざと、ちょい早めに言ってやったので、メモを取る手が忙しそうだ。せせこましい復讐だが、少しだけ胸がすっとする。

「次、いいですか？」「あ、はい。次はお母様の情報をお願いします」

頭にデータを呼び出す。よし。問題ない。

「名前は神條咲です。特にパートや習い事もないので、普段はずっと家におります。今はたまたま、スーパーの特売で外に出ておりますが、すぐに戻ってくるでしょう」

「なるほど。で、神條探偵は仕事で海外出張と。では最後に娘さんお願いします」

警官は泥棒少女を見ている。泥棒少女はぼーっとしている。オレが背中をつっつくと、自分の話を警官が待っていると気づいたのか、あははと空笑いをしてから、話し始めた。

「ええと、私の名前は、柳のば――」「ゲフンッ！　ゲフンッ！」

泥棒少女の話を遮るようにして咳払いをして、背中をつっついておく。ったく、この子は、しょっちゅう己の立場を忘れすぎだろう。今のお前は、神條家の一人娘なんだ。それを忘れてもらっちゃ困る。

だが、泥棒少女は、一向に話し出さない。背中から見ていてもわかるくらいに、緊張感が漂っている。なぜ話さない。神條家の一人娘の振りをするだけだぞ？　知り合いのお前なら簡単なことだろう。とりあえず名前を言って、普段は吹奏楽部の活動があるから、ちょっと帰りが遅いですとでも言っておけば、万事問題ない。

じりじりと背中を見守っていると、困ったような顔で泥棒少女が振り向いた。その顔を見た瞬間、オレは確信した。

この子は、神條家の一人娘の名前すら知らないのか！

謎の少女の情報に、新たなる、とても重要な一ページが刻まれる。

そうとわかれば、早急にフォローを入れねばならない。警官も不思議そうな表情をしている。余計な考えを持たれる前に、さっさと追い出そう。

「ははは。妹は、人見知りをするんですよ。申し訳ありませんね」

今度はオレが前に出て、泥棒少女を背中に隠す。

「名前は神條勇子《ゆうこ》です。ここから電車で二駅行ったところにある高校に通っています。年齢は十七歳。部活は吹奏楽部で、フルートを吹いています。これでも、県大会の常連になるような強豪なんですよ」

まずは基本情報。あとはおまけだ。

「好物はバームクーヘンです。あれさえあれば、二週間は過ごせると豪語しています。メガネとコンタクトは、その日の気分で換えています。最近は好きな子でもできたのか、化粧なんかもするようになりましてね。兄の私でも、とっさにわからないくらいに、きれいになったりしていますよ。血液型はA型。星座はおとめ座。趣味は占い。携帯電話の番号は――」

「い、いや。そこまでは結構ですよ」

知っている限りの、神條家一人娘の情報を吐き出した。これは警官に向けての言葉ではない。ほとんどが、背中にいる泥棒少女に向けてのものだ。自分が知らないことには、適当なことを返して、お茶を濁そうとする癖があるこの少女。少しでもいいから、神條家の一人娘の情報を手に入れて、うまくオレの妹を演じきって欲しい。

メモを取り終えた警官は、オレの背中から顔を覗かせている泥棒少女に声をかけた。

「フルートですか。いいですね。いかにも女の子って感じで」

泥棒少女は快活に答える。

「ふふふ。あれで結構、肺活量が必要な楽器なんですよ。柔な女の子には、使いこなせません」口笛プラス身振り手振りで、ちょっとしたエアフルートを披露している。

実に余裕しゃくしゃくの態度だ。そのくせ、恥ずかしげに頰を赤く染めたりなんかして、オレが言った『人見知り』という情報も使いこなしている。この少女、情報さえ出《で》揃《そろ》えば、実にいい演技をする。あの突拍子もない発言さえなければ、オレの相棒にしてもいいくらいの、見事な演技力だ。

「ふふふ。なんだかいいですね。仲良し兄弟って感じで。私もたまには、早く家に帰って、家族サービスでもしたくなります。あ、すみません。余計な話をして。ご協力ありがとうございました。セキュリティの件は、早急にお考えください」

　ぴしっと敬礼をすると、今度こそ警官は帰っていった。ドアが閉まると、どちらともなくため息をついてしまい、慌てて呑み込む。まったく同じ仕草をしてしまい、オレたちは顔を見合わせ笑った。


　リビングのソファに並んで座る。本当は、向かい合って泥棒少女の嘘を見逃さないようにその瞳を監視しながら詰問をするべきなのだが、向かい合える位置にソファがないのだから仕方ない。オレだけじゅうたんに座るというのも、変な話だろう。

　ここまでの会話で、いくつかわかったことがある。オレは、泥棒少女が神條家の一人娘と知り合いなのだと思っていた。だが、神條勇子という名前すら知らないようでは、その可能性はゼロだろう。

　そうなると、父親か母親と知り合いということになる。それも、この家に指紋があってもおかしくないほどに近しい仲。あまり楽しい想像は浮かばない。

　世の中には、自分の娘と同じくらいの年齢の女の子を、オンナとして見ることができる男が存在する。神條拓真が、その一人だとしてもおかしくはない話だ。

　だがそれはつまり、オレの隣に座る、人より少しだけきれいで、ちょっと間が抜けていて、みかん色のワンピースにとても喜んでいるこの少女が、あの男の恋人だということになるのだ。不倫な上に、未成年に対する不純な異性交遊。最悪だ。最悪すぎて言葉もない。だが、母の例もある。最低なあの男なら、ありえないこともない。息を吸い込む。パチパチと瞬きをする。相棒の左手と、役立たずの右手を、閉じて開く。どれだけ憂鬱であっても、オレは知らなければいけない。さぁがんばれ。泥棒少女から情報を引き出すんだ。

「妹さん？」「はい。なんでしょう」

泥棒少女は、さっきまで着ていた制服がはみ出しているかばんを抱きしめ、見上げてくる。

「さっきは警察の人の手前、熱があるってことで通したけど、何で学校を休んでいるのかな。今日は平日だろう？」

泥棒少女は、何をおかしなことをという顔で言ってくる。

「さっきも言いました。うちの高校は、今日は開校記念日なんです。まったくもう。お兄さんは忘れっぽいです」

オレの記憶が確かならば、神條勇子が通う高校は、開校記念日ではなかったはずだ。当たり前だ。神條勇子が学校に行っているから、この家は無人なのだ。つまり泥棒少女は、神條勇子と同じ高校生だが、学校は違うということか。ってか、お前は何で開校記念日なのに制服を着ているんだよ。

「お兄さんこそ、警察さん相手に、何であんなに動揺してたんですか？　とりあえず家庭の事情ってことでお茶を濁させていただきましたけど、何か警察さんには自分の素性を明かせない理由でもあるんですか？」

泥棒少女の質問は鋭い。あの場はとりあえず見逃してくれたが、そのままにしておくつもりはなかったか。やれやれ。ここで正体がバレるわけにはいかない。きっちりごまかしきらなければ。

「オレは間違いなく、この家の父親、神條拓真の息子だよ。でも、今この家に住んでいる、神條咲の息子じゃない。意味、わかるな？　あまり口外したくない理由も、わかるだろ？」

少女は特に考える間もなく、「わかります」と頷いた。

「腹違い、ってことなんですね。ごめんなさい。嫌なことを聞いてしまって」

なかなか頭の回転が速い。さて、次はこちらが質問する番だ。

「そういえばキミは、どうやってこの家に入ったんだい？　表の玄関は鍵が閉まっていたはずだけど」

「鍵は郵便受けの中にテープで貼り付けてあるんですよ。この家の常識じゃないですか。お兄さんは、そんなことも忘れてしまったんですか？　まったく。どれだけ時差ぼけなんですか」

「ははは。時差ぼけを天然ぼけの親戚みたいに言うなよ」

泥棒少女の発言に反射で言葉を発しながらも、思考は回転し続ける。

そういえばそうだった。不用心だからやめてくださいと母は口を酸っぱくして言ってたけど、神條拓真は『いやいや、ちょっと買い物に行くときとか、よく鍵を持って出るのを忘れちゃうから、外に合鍵を置いておかないと不便なんだよ』と言って、いつも郵便受けの中に、テープで固定して隠していた――というか、合鍵の場所、オレがここに住んでいた当時と変わってないのか。

合鍵の隠し場所も知っている。これはもうかなりこの家について詳しい証拠だ。オレは想像してしまう。神條拓真が帰国したタイミングで、合鍵を使ってこの家に入る少女。出迎える神條拓真は、会って早々少女を抱きしめ――やめよう。悪趣味だ。

いや待て。もし今の想像が正しいとすると、なぜ泥棒少女は、神條拓真が今は海外出張中だと知らないのだ。もし恋人同士ならば、知っていてしかるべきだろうに。

わからない。この家に指紋があってもおかしくないほどに家族と親しくて、娘以外の誰かと知り合い。もし神條拓真の知り合いだとしたら、神條拓真の出張中にわざわざやってきたことになる。ダメだ。オレの貧困な推理力では一向に答えが浮かばない。

泥棒少女の正体をつかむ手がかりを見つけられずに内心焦っていると、再びインターホンが鳴った。思わず力が抜ける。三度目だ。さすがに『パトラッシュ僕はもう疲れたよ』的な笑顔になってしまうのを止められない。

「またですか」「またみたいだね」

お互い疲れたような笑みを浮かべながら廊下に出た。そしてオレは、インターホンの画面を見て——今度こそ、倒れそうになった。

「ど、どうしたんですか？　いったい誰ですか？」「い、いや、別に、大した人じゃないよ」

泥棒少女の手前、平静を装ってはいたが、内心冷や汗だらだらだ。

玄関の前に立っていたのは、この家の一人娘、神條勇子だった。

いや、なんでだよ！　まだお前、学校に行ってから一時間しか経ってないだろうが！　体調不良で早退か？　いや、別に顔色は悪くない。となると、忘れ物か。学校に着いて、忘れ物に気づいて戻ってきた。時間にすればちょうど一時間くらいか。授業は完全に遅刻じゃないかこのやろう！

オレはとりあえず、可能な限り優しい笑顔を作って、泥棒少女に言った。

「い、いったんリビングに戻っていなさい」「あれ、私はお客さんの対応をしなくてもいいんですか？」

お前が応対なんてしたら、一発でアウトだろうが！　娘本人に、この家の娘ですって嘘をつけってか？　ありえん。

「いいからいいから、ちょっと面倒なお客さんだから、オレのほうで応対しておくよ」「そうですか。では戻ってますね」

みかん色の背中がパタパタと遠ざかっていくのを確認するのと同時に、インターホンの画面を覗く。神條勇子は、まだぼんやりとそこに立っていた。

「おかーさん？　いないの？」

あんたの母親は、買い物中だよ。いないから帰れ。いや、ここが家だけどさ。

インターホンの向こう側に向かって心の中でそう毒づいたが、当然帰ってくれるわけもない。神條勇子は「仕方ないなぁ」とつぶやきながら、鍵を取り出している。

くそっ。さすがに中へ入ってくるのは止められそうもない。だが落ち着け。神條勇子の部屋は二階、忘れ物ならそこに向かうはずだ。何もイレギュラーな事態が起きなければ、オレたちが見つかる心配もない。そうだ。大丈夫だ。だから落ち着け。

一向に鼓動が静まってくれない心臓に向かってそう言い聞かせ、オレは集音マイクを玄関に仕掛けて、すばやく二階に上がった。同時に、耳に突っ込んだイヤホンから、玄関の開く音が聞こえる。

『まったく、ついてないなぁ忘れ物なんて。おかげで、一時間目は欠席だよ、もう』

忘れ物という予想は当たっていたらしい。ケータイか？　それとも教科書か？　頼むぞ。間違ってもリビングになど行ってくれるなよ。

神條勇子は自室に向かうと信じ、オレは先回りして神條勇子の部屋の隣、神條咲の部屋に忍び込んだ。

壁に耳を当て、隣の部屋の音を探る。大丈夫のはずだ。昔のままなら、隣の部屋の物音くらいは丸聞こえのはず。何せ、当時からあちこちボロボロだったからな。

程なくして、隣の部屋から扉を開く音が聞こえた。一安心だ。忘れ物はやはり自室だったらしい。

「お母さんもさー、何でケータイに出てくれないかなぁ。お母さんが持ってきてくれれば、取りに戻らなくても済んだのに。家にかけても誰も出ないしさぁ」

それは出られないだろうな。何せ神條咲のケータイは、この部屋に置きっぱなしみたいだからな。くそっ！　神條咲め！　ケータイは携帯しろよっ！

しかし何を忘れたんだ？　後で母親に持ってきてもらえば十分間に合うということ

は、それほど緊急度の高い忘れ物ではないのだろう。それでいて、授業をサボってまで取りに戻らないといけない程度には重要度の高いもの。現時点では、可能性が多すぎて絞り込めない。

「うーん。ないなぁ。もしかしてリビングだったかなぁ」

全身の毛穴がぶわっと開いた。

隣の部屋から、扉を開ける音が聞こえた。もう廊下に出られた。まずい、まずいぞ！　今リビングに行かれたら、あいつと鉢合わせする！

だがどうにもできない。ここからリビングまで一分もかからず到着される。事情を何も知らないあいつは、隠れもせずに堂々とソファにでも座っていることだろう。見つかれば一発でアウトだ。通報、逮捕、はいおしまい。あいつじゃ、ロクに言い訳する余裕もないだろう。

足音がだんだん遠ざかっていく。でも打てる手は、一向に思いつかない。

せめてこの非常事態を伝える手段があれば、物陰にでも隠れているように指示できるのだが、ない物はない。先に神條勇子に廊下へ出られた以上、オレが先にリビングにたどり着くことはできない。先回りはできない一本道だ。

いや、窓から出て外を回り込むというのは？　さすがに間に合わないか。もういっそオレが飛び出て、舌先三寸の嘘八百でごまかすか？　いや、家の中に見知らぬ男がいたら確実に不審者扱いだろ。

くそっ！　つくづく思うが、どうしてあいつのケータイの番号を聞かなかったんだよ！　それさえわかればこんな事態には――。

いや、待てよ、ケータイ？

オレは自分のケータイを取り出し、アドレス帳を検索し、一つの電話番号を表示させる。もしかしたら、この番号なら――。

オレは番号を選択し、じりじりと相手が出るまで待った。

『はい、もしもし』

思ったよりもあっさりつながった電話――神條勇子の声に、オレは思わずガッツポーズをしてしまう。

『ん？　なるほど。キミが今日の迷い子かね』

口を手で覆い、外に音が漏れないように気をつけながら、オレは嘘を開始した。

『はい？　何ですか？　あなたは誰ですか？』

『大した者じゃないよ私は。ただちょっとばかし、人には見えないものが見えるおかげで、占いなどといういかがわしい仕事で、飯を食わせてもらっているだけさ』

あぁもう、自分で言ってて恥ずかしくなるほどに、うさんくせぇ。

だが神條勇子は占い好き。効果はあるはずだ。いやはや、こういう無駄な情報が意外なところで役に立つから、世の中恐ろしいんだよ。

さてこれで、うまく神條勇子に興味を持たせられれば、あとは適当に誘導して、リビングから遠ざけるだけだ。神條勇子が占い好きで助かった。

『……イタズラ電話ですか？　申し訳ないですけど、忙しいんで切りますね』

『ちょ、ちょっと待った！』いきなり切ることはないだろ！　くそっ！　さすがにこんな怪しい電話、いきなり信じるバカはいないか。『キミは今、何か迷っていることがあるだろう？　いや、迷っているというよりは、探しているというところかな？』

電話の向こうから、小さくため息が聞こえてきた。

『それ、占い師の常套《じょうとう》手段ですよね。誰にでも当てはまる曖昧なことを言って、さも自分の言っていることが当たっているように見せかける技法。バーナム効果を利用した、コールドリーディングの一種ですね。申し訳ないですけどわたし、占いが好きで、そういう技術を調べたことがあるんですよ。お生憎様でしたね』

かわいげのない占い好きだなぁおい！　おとなしく騙されてくれよ！

『ふふ、まぁオレの言うことがすぐには信じられないのも無理はないな。世の中には、口先だけがうまい偽者が多すぎる。なぁ学生さん？　学校をサボってまで探したいものがあるキミも、この世界には偽者が多すぎると思わないかい？』

電話の向こうが沈黙した。学生だと言い当てられたこと。学校をサボっていることを言い当てられたこと。さすがに二つも重なれば、信じざるをえまい。

『……声から、わたしが学生だと想像するのは簡単ですよね。そして学生だとすれば、平日のこんな時間に普通に電話している時点で、学校をサボっていることは明白です。そう思いませんか、自称本物の占い師さん』

鋭い。思いのほか頭の回転が速い。だがその頭の良さ、こっちにとっては好都合だ。理性的なやつのほうが、言いくるめるのはラクなものだ。

『ははは！　お嬢さんもなかなかやるね、ちょっと楽しくなってきたよ。じゃあこっちも、少し本気で見てみようかな。申し訳ないんだけど、キミが一番リラックスできる空間まで移動してくれるかな？　そこでなら、きっともっとよく見えると思うんだ』

『なぜ、あなたみたいな怪しい人の言うことを聞かなくちゃいけないんです？』

『ふふふ。キミにとっては悪い話じゃないだろ？　もしオレが偽者なら、キミのそのあふれる知性で、オレを論破して言い負かしていい気分になれる。で、もしオレが本物なら、キミの探し物は見つかる。どっちに転んでも、それなりに悪くないだろ？

なーに、長くてもたかだか十分程度のことだよ。どうだい？　気にならないかい？　もしかしたら、本物の占いってものを、その身で体験できるかもしれないぜ』

電話の向こうは無言になった。

しばらくの後、オレの耳は、隣の神條勇子の部屋のドアが再び開く音を捉えた。やはり好奇心には勝てなかったか。こんな気持ち悪い電話、さっさと切っちゃえばいいのにな。とりあえず興味を持たせることに成功して一安心だ。

隣の部屋から、ドアの閉まる音が聞こえると同時に、オレはゆっくりと音を立てないよう、神條咲の部屋のドアを開き、廊下の様子を窺った。

よし。誰もいない。

そのまま足早に一階へと向かいながら、音を立てないよう気をつけ神條勇子との会話を続ける。『はは。案外素直に、オレの言うことを聞いてくれたな。そこがあんたのリラックスできる場所か。ま、やっぱり自室が一番だよな』

『……どうしてわたしが、自室にいるとわかったんですか？』

『そりゃわかるさ。何せ、さっきより断然見やすくなったからな。電話越しでもはっきりと見えるぜ』

『…………御託はいいですから、さっさと見つけてくださいよ。わたしの探し物を』

『ふん。ちょっと待ってな。今、集中して見てみるから』

マイクの部分を手で覆い、向こうには音が聞こえないようにする。向こうの音は聞こえるように、イヤホンを挿すことも忘れない。

リビングへ戻ると、案の定泥棒少女はぼんやりとソファに座っていた。何もすることがなかったからか、テーブルの上の食器類も片付けてくれたようだ。なかなか感心だ。しかも物音をさせずに片付けているのもいい感じだ。

「あ、お兄さん。遅かったじゃないですか。お客さん、もう帰られたんですか？　あんまり遅いから、そろそろ様子を見にいこうかと思ってたんですよ」

危なかったじゃないか。やはりこいつを一人にしておくのはまずいな。ふらふらと出歩かれて鉢合わせでもされたら最悪だ。

「ははは。いや、すまないね。待たせてしまって」

どうする。とりあえずリビングから移動するか？　いや、でも、もし神條勇子の探し物がリビングにもなかったら、次はどこに向かうかわからない。それにそもそも、探し物にあんまり時間をかけられたら、神條咲が帰ってきてしまう。

こいつを、戦力外として追放している余裕は、今のオレにはない。

「実はね、ちょっと面倒なお客さんが来ているんだよ」「面倒なお客さんですか？」

「何度か仕事を引き受けた依頼人なんだけどね。どうやらこの前うちに来たときに、忘れ物をしたそうなんだ。それを探して欲しいんだってさ」「あ、じゃあ人手が必要ですね。私、手伝っちゃいますよ」

うむ。自ら志願とはいい心がけ。「で、その依頼人なんだけどね、ちょっと、その、尋常じゃない女好きなんだよ。趣味は女子高生を愛でること」「うわー。しょんぼりな趣味をお持ちなんですねー」

「だからかわいいかわいい妹さんを、その人の前に出す気にはならなくてね。先にリビングに行ってもらったというわけなんだよ」「え？　私、別に大丈夫ですよ？　よく家では、的確に男性の急所を蹴り上げる方法を、教えてもらってますから」

最近のご家庭は、防犯意識が高くて非常によろしいようだ。

「ま、何にせよ、とりあえず手伝って欲しいことがあるんだよ」「はい、何です？」

「そのお客さんの忘れ物を、探して欲しいんだ。どうやらこのリビングに忘れたみたいでね」「はぁ。別にいいですけど、いったい何を忘れたんですか？」

そう。それが問題なのだ。現状、神條勇子の忘れ物が何かも判明していない。

『ちょっと、いつまで待たせるんですか』イヤホンから、神條勇子の声が聞こえてきた。『集中とやらには、いったい何時間かかるんですか？』

オレは泥棒少女を手で制しながら、電話に出た。

『いや、探し物はたくさん見つかったのだが、どれがそうなのか絞りきれなくてね』

『たくさんって、どういうこと？』

『人が探しているものは、常に数多《あまた》あるものだろう。表面上のキミが探しているもの。深層心理のキミが探しているもの。なまじっかたくさん見えてしまうだけに、どれが今のキミの求めるものなのか、まだわかっていなくてね』

口から出まかせを言いながら部屋の中を見渡す。教科書や体操服。いかにも学生が忘れ物しそうなものは、部屋の中にはない。泥棒少女も空気を読んだのか、ふらふらと部屋の中を探し始めたが、探し物が何かわからないのではどうしようもないようだ。

『ふぅん。まぁ御託はいいから早く見つけて欲しいんですけど。というか、わたし、ちょっと心当たりがあるから、探しに行ってもいい？』

ふらふらとしていた泥棒少女が、先ほどオレが倒しておいた写真立てに近づいた。

『ダメだ！』

泥棒少女は、びくっと震えてオレのほうを見た。すかさす暖炉のほうを指差す。泥棒少女は、少し訝しげな顔をしながらも、素直に暖炉へ向かった。

あぶねー、何とかセーフか。あんまり大声出すと、神條勇子に聞こえかねないぞ、そっちも気をつけろよ、オレ。

『何でダメなのよ』

えーと、くそっ、こっちにも言い訳しないと。『この程度じゃ、お前はオレの占いが本物だと信じないだろう？　もう少し待てよ、きちんと言い当ててやるから』

あんまり時間はない。長引かせると、しびれを切らして神條勇子がここに来てしまうかもしれない。頼りになるかはわからないが、ここは、一人より二人だ。

オレはもう一度ケータイのマイクを覆い、暖炉を覗き込んでいたみかん色の背中に声をかける。

「探し物のことなんだけど」「はい」

暖炉の煤《すす》で鼻の頭を黒くした泥棒少女が振り向いた。

これ！　笑わせるな！

ハンカチを取り出して、鼻をぐしぐしと拭いてやりながら、言葉を続ける。

「どうやら依頼人は、昨日このリビングでその忘れ物を使ったそうなんだよ。で、そのまま忘れてしまったと」「ふむふむ。電話のお相手、その依頼人なんですか？」

おとなしく鼻を拭かれながら、泥棒少女は尋ねてくる。

オレは「ああ、そうだ」と頷き、言葉を続ける。

「あと、おそらくその忘れ物は、学校に関連するものだと思う」「学校、ですか？」

依頼人が高校生、というのは少し違和感があったので、少し嘘を混ぜる。

「依頼人は、高校の先生なんだよ」「うわー。それで女子高生観賞がご趣味だなんて、まさに天職ですねー」

ま、確かに。「観賞方法さえ間違えなければ、別に犯罪ではないからね。というわけで、忘れ物に関する情報は以上だ」「以上って、結局忘れ物は何なんですか？」

それがわかれば苦労しない。神條勇子がもう少し間の抜けたやつなら、誘導尋問で探し物が何か言わせることもできただろうが、向こうは警戒バリバリだから、絶対に漏らしてはくれないだろうし。

「忘れ物をしたのは、一緒に来ていた依頼人の娘さんなんだそうだ。だから依頼人本人も何が忘れ物かわからないんだそうだよ。というわけですまないがオレは、その依頼人の電話の応対があるから探すのは任せた」「えー人使いが荒いお兄さんですねぇ。私が満腹ご機嫌じゃなかったら、ぶーぶー文句を言うところでしたよ」

と、ぶーぶー文句を言いながら、泥棒少女は、部屋の中を探し始めた。なんだかんだ、こんなに苦しい言い訳で、疑いもせずに探してくれるのだから、こいつは楽でいい。

オレはオレで、部屋の中に視線を走らせながら、電話に出る。

『んー。ちょっと見えづらいなぁ』できれば、忘れ物の情報を、少しでもいいから引き出したい。『もう少し、具体的なイメージをくれないか？　たとえば色は？』

『さぁ何色でしょうね。本物の占い師なら、色くらいわかるんじゃないですか』

くっ、ケチンボめ。少しくらい、うっかり情報を漏らせよ！

『どうしましたぁ？　本物の占い師さんにしては、てこずりすぎじゃないですかぁ？わたしも、あんまり長く茶番に付き合ってあげるほど、暇人じゃないんですけどー』

ちっ。やばい。疑われ始めている。

思わずどなりたくなるのをこらえ、言葉を続けようとしたオレの目の前に、何か箱のようなものがずいっと差し出された。

泥棒少女は、これ以上ないドヤ顔で黒いケースを開け、中身を見せる。フルートだった。まさか、これなのか？

『フ、フルートだろう？　お前が忘れたのは。ど、どうだ？』

電話の向こうから、息を呑む音が聞こえた。

『な、え、ほんとなの？　なんで、わたしの忘れ物がフルートだとわかったの？』

そんなのオレが聞きたいが、こうなれば話は簡単だ。胸をなでおろしながら、適当な嘘を紡いでいく。

『だから言ったろ、オレは見えるんだよ』確か、泥棒少女は、さっきまでオレたちが座っていた、ソファのあたりを調べていた。いったんこの場を離れてから、神條勇子にソファのあたりを探せと言えば、万事解決だ。やれやれ、大変だったぜ。

電話の向こうは、沈黙していた。見事に言い当てられて悔しがっているのだろう。

『……ちょっと待ってなさい。今、フルートを置き忘れた場所に向かっているところだから』

……今？

瞬時に体が冷えた。考えるよりも先に、直感を信じてオレは動く。泥棒少女の手からフルートのケースを奪い取ると、それをテーブルの上に置き、ソファの陰に泥棒少女ごと隠れた。

「え、え？　どうしたんですか？」普通の声量で尋ねてくる泥棒少女に、「しーっ！」と言ってから言葉を続ける。「依頼人が、この部屋に向かっているんだよ！　いいから静かに！　見つかったら、じっくりがっつり観賞されるぞ！」

オレの剣幕が通じたのか、泥棒少女は目を見開いてこくこくと頷いた。

廊下からは、ぺたぺたと床を歩く音が聞こえてきた。危なかった。あいつ、オレとしゃべりながら、こっちに向かってきてやがったのか。くそっ。まぁそりゃそうか。もしオレが本物だろうと偽者だろうと、忘れ物はリビングにある可能性が高いんだから、ここに探しに来るのは当然だよな。お願いだから、そういう理屈にもう少し早く気づいて欲しいぜ、オレの頭よ。

「ふふ。なんか、かくれんぼみたいで楽しいですね」

泥棒少女は、殴りたくなるくらいのんきなことを言っていやがる。

「いいから静かにっ！」

ドアが開いた。誰かが部屋に入ってくる気配がする。

さすがに空気を読んだのか、泥棒少女は息を殺している。オレも、部屋の様子を窺いたくなる衝動を必死にこらえて、身を潜め続けた。

くそっ！　心臓に悪い！　ちょっと首を伸ばされれば、ソファの陰なんてすぐに気づかれる。頼むぞ。頼むから、何にも気づかず、平和に出ていってくれ。

「あ、あった」神條勇子の声が聞こえ、足音がソファに近づいてくる。「あーやっぱ、昨日、練習したまま、ここに置きっぱなしになってたんだ」神條勇子はくすりと笑った。「やるじゃないですか。見事に、わたしの忘れ物を見つけてくれましたね」

バレた！

「……あれ？ いつの間にか、電話切れてる……」

……ふぅ。バレたんじゃなくて、電話の向こうのオレに話しかけただけか。電話なんて、切っておくに決まってるだろ。あんたに忘れ物を見つけてもらえれば、占い師なんてご退場だ。

「ちぇっ、せっかくすごい人に会えたと思ったのに。まぁいいや、早く学校に行って、みんなに話そうーっと」

足早に神條勇子は去っていった。玄関に設置しっぱなしだったマイクが、扉の閉まる音を拾った時点で、オレはようやく大きく息を吐いた。

「やれやれ。ようやく依頼人が帰ってくれたか」

だらんとソファに座る。今日一番疲れた、いや、ほんと。

「今の人が依頼人だったんですか？」泥棒少女も、オレの隣に座る。「女の人、でしたよね、声」

慌てて何かいい訳する前に、泥棒少女は、何か納得するように頷いた。

「いやはや、世界は広いですねぇ。でも、恋愛は自由ですからね。たとえ女性同士だとしてもアリだと思いますよ。ほら私ってそのあたりすっごく器が大きいですから」

さいですか。

「それより、よくあんな短時間で、依頼人の忘れ物を見つけられたね」

「ふふん」泥棒少女はとたんにドヤ顔になった。鼻の穴が自慢げにぴくぴくしている。

「あの程度、簡単ですよー。このリビングで『使った』って言ってましたよね。モノが何かはわからないですけど、『使う』と言ったら、たいていは座って『使う』もんですよ。家の中での失せ物の八割は、普段自分が座っている付近にあるものなんですから（当社調べ）です」

なぁにが当社調べだ、とは思ったけど、実際悪くない発想力だ。こいつ、意外ときちんと情報さえ与えてやれば、頭の回転は悪くないじゃないか。

ようやく難は去ってくれたが、実際にはまだ何も解決していない。時計を見ると、神條咲が帰ってくる時間まで、もう三十分を切るところだった。

オレは泥棒少女を見下ろし、頭を撫でる。いつまでも触っていたくなるような、柔らかい髪に触れながらオレは言う。

「オレのかわいい妹さん」「な、何ですか急に」

もう時間はない。遠まわしに話を聞くだけでは、タイムリミットが先に来てしまう。

「とても大事な話があるんだ」「そうですか」

まだ具体的な方法は決まらない。けれど、やらなければいけない。オレと泥棒少女が笑って別れるためには、どんな強引な方法を用いてでも、少女の正体を知らなければいけないのだから。

息を吸い込む。パチパチと瞬きをする。相棒の左手と、役立たずの右手を、開いて閉じる。これが最後だ。残り三十分。最後まで、やれることをやりきる。

並んでソファに座り、互いに向き合わず、同じ方向を見つめる。

いざこうして、話し合うための状況を作っても、オレの口は一向に言葉を作ってはくれなかった。いつもならくだらない嘘をぺらぺらと吐き出すのに、まったく働いてくれない。

泥棒少女の正体を知る手がかりは、だんだん揃ってきてはいる。神條の娘とは知り合いではなく、学校も違う。オレが探偵の卵だと言っても疑問に感じなかったということは、おそらく父親が探偵だということは知っている。神條咲と知り合いかどうかは不明。

たったこれだけではあるが、普段ならこれで十分だった。足りない情報は、適当に嘘をついて相手から引き出せばいい。それがいつものやり方だ。でも今日はダメだった。何も出てこない。どうして何も出てこないのかは、自分でもわからない。

「あの、どうかしました？　何か話があったのでは？」

泥棒少女が心配そうな顔で覗き込んでくる。オレはその言葉を適当にごまかしながら、泥棒少女の瞳を見つめた。

思えば、これだけ誰かのことを知りたいと思ったことがあるだろうか。そのとぼけた表情の裏にどんな感情が隠れているのか見てみたいと思ったことがあるだろうか。

ダメだ。時間がない。どうしたってうまい嘘は出てこない。どれだけ知りたいと思ったとしても、このままじゃ時間が過ぎてしまうほうが先だ。

「あの、本当に大丈夫ですか？　顔色、よくないですよ？」

こいつは、こんな場面でも他人の心配をするのか。こいつだって、いつオレに嘘がバレるかわからない極限状態だろうに。まったくもってやりにくいったらない。

「……これはオレの悪友の、ちょっとした話なんだけど、聞いてくれるか？」

泥棒少女は、不思議そうな顔で頷いた。何でそんなことを話すのかわからないという表情だ。だがオレは、特に理由を説明することもなく話を続けた。

「彼はね。人様のものを平気で盗み出すような、どうしようもない人間だ。俗に言う、『泥棒』というやつだ。それも犯行を行ったのは一度や二度じゃない。まぎれもない犯罪者さ。でもね。その昔はどこにでもいる普通の少年だったんだ。少しだけ、人より嘘つきなだけの」

　方向性としてこれで正しいのかはわからない。だが一度話し始めてしまった以上、今さらやめるわけにもいかない。

「あるとき彼は、両親の突然の離婚により、多くのものを失った。住む家、幸せな暮らし、それと父を。その友達はね、父親に捨てられたんだよ」

　こんなもの、しょせん脚色混じりの嘘ばかりだ。嘘。そうわかっていても、なぜか泥棒少女の目をまっすぐ見て話すことはできなかった。

「彼は考えた。ない頭を必死にひねって考えた。どうすれば、失ったものを取り戻せるのか。どうすれば、すべてが元通りになるのか。長く長く考えた結果思いついたのは、奪われたものは奪い返せばいいという、浅はかなアイディアだった」

　泥棒少女は何も言葉を発しない。ただ黙って、オレの唐突な話を聞いている。

「母を捨てた父の家に盗みに入り、父から母の思い出を奪ってやる。そうすればもしかしたら、父は母の大切さを思い出して、また家族に戻ってくれるかもしれない。そう考えた彼は、探偵である父の居場所を探るために、あちこちの探偵事務所に盗みに入っては、父の情報を盗むことを始めたんだ」

　ずっと黙って聞いていた泥棒少女が、ようやく口を開いた。

「それでどうなったんですか？　やっぱり、うまくはいかなかったのでしょうか？」

オレは首を振って答える。

「いや。うまくいったよ。嫌になるほどうまくいったんだ。無事に彼は父の居場所を探り当てた。実にめでたしめでたしだ」

泥棒少女が訝しげに声をあげる。「なるほど。でもなぜ、突然そんな話を？」

質問に答えず顔も見ず、オレは話を続ける。

「彼は父の居場所を探るのに、少々長い年月をかけすぎた。彼が父を探している間に、母は亡くなってしまった。でもその代わり、母は彼に多くのものを残してくれた。豊かな暮らし、十分すぎるほどの母との思い出。そんなものたちを」

なぜか泥棒少女は唇を噛み締めて下を向いた。その反応の理由はわからなかったが、オレは特に詮索することなく話を続ける。

「それなのに彼は、それだけのものを持ちながらも、過去に失ったものを忘れることができなかったんだよ。そして犯罪行為を続けてしまった。母が残してくれた大切なものを失うリスクを負ってまで、犯罪行為をやめなかった。やめられなかったんだよ。何の成果もないまま、元の道に戻ることなんて、今さらできなかったんだ」

「何で……そんな話を私に？」

泥棒少女は、どこか暗い瞳でそう尋ねてくる。しかしオレは何も答えない。オレが答えを口にしても意味がない。

「彼は言っていたよ。一度道を踏み外すと、生活は変わるよって。いつ自宅に警察がやってきて、オレの腕をつかみ、『さぁ署まで来てもらおうか』と言われるかと、考えずにはいられなくなるって。大切なものだって作れなくなる。だってそうだろう？　もし彼女なんて作ったら、いつ犯罪者だとバレるか一年中不安に襲われることになる。大切なものができればできるだけ、それを失うことへの恐怖は強くなるんだ」

泥棒少女は何も答えず下を向いたままだ。こちらの顔を見られないということは、ちゃんとオレの嘘が意味を成している。そう信じ、最後まで言葉を続けた。

「犯罪なんてろくなもんじゃない。特に若いうちのはね。見咎められれば、得たもの以上の罰を受けることになる。見咎められなかったら、道を誤ることになる。いずれにしろ、行き着く先は、あまり楽しいものじゃない」

そこでようやく、泥棒少女が顔を上げた。そこには、とても静かな無表情があった。

「さぁ、かわいい妹さん。もしかしたらキミにも、『とある少女のお話』があるんじゃないかな？　よかったら聞かせてくれないかな？」

もう時間がない。この嘘が届かなければ、もうオレに打てる手はない。

どういう理由があったにせよ、悪事を働いたことに罪の意識を感じてくれているはずだ。オレとは違って、まだそんな感情が残っているはずだ。今はもう、泥棒少女の良心に期待するしかない。

祈るような思いで泥棒少女を見つめる。お願いだから話してくれと叫びたくなる気持ちをこらえて、オレはただじっと、泥棒少女を待った。

「昔、一人の女の子がいました」

泥棒少女の口が、ゆっくりと動き始めていた。

「女の子には、優しい家族がいました。たくさん、たくさんいました。でもその女の子には両親がいませんでした」

オレは泥棒少女を見つめる。その想いを一滴も逃さないように、じっと見つめる。

「女の子の家族は、同じ施設で暮らしている子供たちや、その児童養護施設にいる先生たちです。お父さんがいなくても、お母さんがいなくても、女の子は平気でした。とてもとても貧しかったけれど、先生たちはとても優しかったですし、友達もたくさんいましたから、不満なんて少しもありませんでした」

孤児。養護施設。どんどん入ってくる情報を吟味したいが、今は話に集中しよう。考えるのは後だ。

「あるとき女の子は、一枚の書類を見つけました。たまたま誰もいなかった先生たちの部屋で、自分の名前が書かれた書類と、そこに書かれた両親の名前を見つけてしまったのです。見つけてしまうと止まりませんでした。不満、ないはずがなかったのです。学校の友達には、みんな両親がいる。施設にいる友達にだって、たいていの子は親の思い出がある。でも私には何にもなかったのです。本当に小さいころに施設にやってきた女の子には、お母さんの記憶も、お父さんの記憶もほとんどなかったのです。唯一あったのが、この家の記憶でした。大きくて、古くて、まるで物語の中に出てくるお屋敷をそのまま形にしたような家。その記憶だけでした」

一瞬、泥棒少女の瞳が悲しげに揺れた。彼女は、一度ゆっくりと瞬きをする。再び開いた目からは、目を背けたくなるような痛々しさは消えていた。悲しみを消す術を、この少女はよく知っているのだろう。あるいはただ、慣れてしまっているだけか。

「女の子は、書類と一緒に写真も見つけました。テレビでしか見たことないような大きな家の写真。それはまさに、女の子の記憶に残る家と、同じでした。そこには家の住所も書かれていました。私は誰にもばれないようにその住所を書き取り、すぐに書類を元の場所に戻しました」

話がつながった。少女がここにいる理由。

「それからは私の生活も明るく楽しいものになりました。私にだって、ちゃんと両親がいたのです。きっとやむにやまれぬ事情があって私を捨てたのでしょうけど、生きているのなら、いつかは迎えに来てくれるに決まっています。私は待ち続けました。先生たちには迷惑をかけず、ずっといい子にして待っていました。いつか両親が迎えに来てくれるのを」

いつの間にか呼び方が『女の子』から『私』に変わっていたが、気にしない。別にどちらでも同じことだ。

泥棒少女は……オレだ。父親に捨てられた直後のオレだ。どこかできっと父親が見てくれていると信じて、誰が見ているわけでもないのにいい子にしていた。いい子にしてさえいれば、きっと自分にもいいことが起きると信じていた。

「一年、二年。どれだけ待っても、両親から連絡など一切来ません。仕方なく私は、この家に手紙を送りました」

『私はあなたがたの娘の、柳野花です。突然のお手紙申し訳ありませんが、一度、お話をしてみたかったのです。もしよろしければ、どこかでお会いすることは叶わないでしょうか』

「そんな内容の手紙に、私の写真を同封して、送りました――けれど、待てども待てども返事は来ませんでした」

父親が迎えに来てくれないと理解したオレが、それでも倒れずに歩いてこられたのは、母がいたからだ。オレまでいなくなってしまったら、母が壊れてしまう。そう思ったからこそ、今日までがんばってこられた。

でもこの少女は一人だ。支えてくれる人も、支えたい誰かもいない。その事実がただただ悲しくて、泥棒少女をぎゅっと抱きしめてやりたくなった。

「私は困惑しました。可能性として、両親がいまだに、私を引き取れない状況にあることは考えていました。だから無理に引き取って欲しいなどとは手紙に書かず、ただ会いたい、会って話をしたいとだけ書いたのです。けれどなかなか返事は来ませんでした。しびれを切らした私は、再度先生がたの部屋にこっそり忍び込み、返事の手紙が来てないか確かめました。そして見つけたのです。父の名前が書かれた封筒を。私は迷うことなく内容を読みました。そこにはたった一言『二度と連絡するな』と書かれていました」

少女の視線に、ぴりぴりとした敵意が混じってきた。『神條拓真』の息子であるオレを見るその目には、敵意と——それ以上の何かが混じっていた。

「あんまりだと思いませんか？　どんな事情があるにせよ、実の娘に対して、『二度と連絡するな』は、父親として、言ってはいけないと思うんです。そうして両親への期待は、あっさり恨みへと変わりました」

少女は身体ごとこちらを向き、オレを見上げた。

「私はもう一度この家に手紙を送りました。『一度でいいので私に会ってください。あなたの家でお待ちしています』と書かれた手紙を。だから私は今、ここにいます」

一瞬たりとも逸れない少女の視線を、真正面から受け止める。一度でもその視線から逃げたら、すべてが終わりだと感じた。

「けれど父は、この家にいませんでした。父はおろか、家族の誰もいませんでした。でもある意味で好都合でした。父への恨みを晴らすため、奪えるだけのものを奪うため、いろんな準備をする時間は、たっぷりあったのですから」

少女はかばんを漁ると、白い粉末が入った小瓶を取り出した。

「本当は、カレーピラフにこれを混ぜるつもりでした。棚を漁っているところを見つかってからずっと、私はあなたを殺す機会を窺っていました。両親の愛を一身に受けて育った、何の苦労も知らない男。私にはないものを、全部持っている男。逆恨みであることは重々承知していましたけど、それくらいしか私にはしたいことがありませんでした。私を捨てた両親を苦しめられるなら、十年や二十年の罰は受けても構わないと思えました。こんな考え、決して人に誇れるものではないとわかっていても、やめられなかったんです。恨めしくて妬ましくて」

少女がオレの右手をぐっと握った。強く深く絶対に離さないようにと、握った。それでもオレは——目を逸らさなかった。逸らせるはずもなかった。こいつは、柳野花は、オレと同じなんだから。

少女の目から、ふっと力が抜ける。

「でもできませんでした。だってあなたは、こちらが慌てるくらいに無防備に振る舞ったから。平気で私に背中を向け、私が淹れた飲み物を飲み、食べ物を食べ…………そして、私を本当の妹のように扱う。会う人みんなに、私のことを妹だと言ってまわる。プレゼントまで用意してくれていた。この家に住んでいる人は、父があんなひどい手紙を送ることを止めようともしなかった、冷血漢ばかりのはずだったのですから」

もしオレが、一度でも少女を警戒するそぶりを見せていたら少女を妹として扱う演技をミスしていたら、今ごろは、血反吐を撒き散らして、床に転がっていたかもしれない。この少女に本当にそんな残酷なことができたかはわからないが、こちらもそれだけの覚悟でいないと、この嘘は貫き通せないようだ。

オレは嘘が嫌いだった。

特に人のためにつく嘘なんていうのが、一番嫌いだった。嘘なんて、どれも例外なく薄汚いものだということを、オレは知っている。自分の弱さを隠すため、相手を騙して利益を引き出すため、そういうどうしようもない目的で使われるのが『嘘』だ。そういう汚い部分を隠して、さも人のためという顔をしている人を見ると、どうにも嫌な気分になる。

だからオレのつく嘘はどれも、人を騙すための嘘や、自分をごまかすための嘘ばかりだった。でも……今回は違ったのかもしれない……。こいつに言うべき嘘がなかなか出てこなかった理由を、オレはなんとなく察した。たぶん今、オレがついている嘘は、オレがもっとも嫌っていたタイプの嘘なのかもしれない。

じっと少女を見つめた。そこにはまだ、笑顔はない。

「でも今わかりました。あなたがしてくれたお友達の話を聞いて、わかりました。あなたも、父に捨てられた子供だったんですね。それで私と同じように、お父さんに会いたくてこの家にやって来たんですね」

オレが父に会いたくてこの家に来た？　まさか。会えば文句の一つも言ってやろうとは思っていたが、あいつに会うためだけに、ここまで面倒なことをするわけがない。

オレがあの男に会いにわざわざここまで来たなんて、この少女の勘違いに過ぎない。

だがオレは、その勘違いを正したりはしない。

嘘は嫌いだ。特に人のためにつく嘘なんて偽善者くさくて反吐が出る。けれど今は、今だけは人のために嘘をついてしまう気持ちが、ほんの少しだけわかってしまった。


嘘つきは泥棒の始まり。

幸せな嘘をつくためならば、オレは泥棒で構わない。今だけは偽善者の嘘つきになってやろうじゃないか。こいつのために。


みかん色のワンピースに身を包み、オレを見つめ続ける少女を見て、言った。

「そうだね。キミの言うことは、ほぼ正しい。オレは父のことが好きだ。だから妹のキミに、父を殺して欲しくはない。それが正直なオレの気持ちだ」

少女は、見ているこちらが息苦しくなるほどの複雑な表情をした。他人の大切なものを壊そうとしていた自分への罪悪感。大切なものを持っていることへの嫉妬。

手に取るように感情が伝わってくる。この子はとても歪《ゆが》んだ子なのかもしれないが、それでもとても素直な子だとも思う。きっと彼女の周りにいる人は、いい人が多いのだろう。

「それと一つだけ言っておきたいのだけど、キミは勘違いをしている。父がキミに、そんな手紙を送ったことには、ちゃんと理由があるんだよ」

「え?」少女の濡《ぬ》れた瞳が、答えを求めて輝いた。そのあまりにも素直な視線が、ちくりと罪悪感を残していく。

やれやれ。嘘をついて罪悪感を感じるなんて、いつ以来だろうかね。

「そもそもキミは、今日オレがここにいる理由はなんだと思う?」

「え、それはだから、お母さんの思い出を、お父さんから盗むためじゃ」

オレは苦笑した顔を作る。「それはもう何年も前の話だよ。オレも昔、キミと同じようにこうして忍び込み、そして父に見つかり、いろいろと事情を聞かされた。オレを捨てなければいけなかった理由をね。キミの話も父から聞いたことがあるよ。だからこうして待っていたんだ。オレの話を聞いてくれるかい?」

泥棒少女は、ためらうことなく頷いてくれた。

「父は探偵だ。それゆえに、犯罪者から恨まれることも多い。そしてその恨みは、時に父の家族に及ぶこともある。父の家族を傷つけることで、父を傷つけてやろうという人は、少なからずいるんだ」

泥棒少女は、痛そうな顔をした。痛むなら大丈夫。罪悪感はまだ死んでいない。お前はまだ戻れる。まともで当たり前の、平凡な道に。

「実際オレも、父への恨みからひどい目に遭わされたことがある。それから父は怖くなったそうだ。自分の身近に、大切なものを置いておくことが。だからオレは、母と一緒にこの家から追い出された。キミの場合は、キミを産んですぐにお母様が亡くなったから、仕方なく施設に預けたそうだ。手紙の言葉が少々きつくなったのは、許してあげて欲しい。父は臆病なんだよ、失うことに。キミがここを訪ねてきたら、父を恨む者に顔を覚えられて狙われてしまうかもしれない。父はそんな妄想を、振り払うことができなかったんだと思うよ」

嘘八百。だからどうした。今、この少女が笑っていられるなら、嘘の八百や八百万は安いものだ。オレは、自分が父に捨てられた理由をいくつもいくつも想像したから、この手の嘘なら、いくらでもバリエーションが浮かぶ。

オレはさらに一言、ダメ押しをした。おそらくたぶんきっと、少女が一番望んでいるであろう言葉を。

「でもね、父はキミのことを忘れたわけじゃなかった。ときどき、遠くからキミのことを見守っていたこともあったそうだよ。キミは気づかなかったようだけど」

手持ちの材料から何とか組み上げたオレの嘘で、少女はみるみる笑顔になっていった。ずっと固く握り締められていた拳がするすると解けていくのを見て、ああもうこの子は大丈夫だなと感じた。

「そう、でしたか。そう、ですか……」

泥棒少女は、長い長い映画を見終わった後のように、ゆっくりと力を抜いていった。まだ感情に実感が伴わないのか、どこかぼんやりとした目をしている。

「あの、一つ聞いてもいいですか？」

「どうぞ」

「あの、さっきの警察さんの話によれば、この家には今、お父さん以外に住んでいる人がいるみたいですけど、その人たちは？　どうして私たちのように捨てられていないのですか？」

一瞬で嘘の言葉が浮かんでくる。絶え間なく嘘を紡ぎ続けることができるオレは、やはり生粋の泥棒らしい。まったく、どうしようもない犯罪者だね、ほんと。

「あの人たちは家族の振りをしているけど、実際には父の仕事仲間なんだよ。父と同じ、探偵さ」

泥棒少女は、驚いたように目を見開いた。そしてくすくすと笑い出した。

「すごいですね。探偵一家なんて、お話の中の世界みたいです」

「でもこれは現実なんだよ。キミが思うよりも、世界は物語じみているものなんだ」

さぁ、そろそろ終わりだ。時計の針は、確実に十一時に近づいている。

「さぁ、柳野花さん。私の大切な妹さん。そろそろ、この家の住人が帰ってきてしまう。キミは、キミのいるべき世界に帰るんだ」

「そうですか。お別れなんですね」

名残惜しそうな顔をしながらも、泥棒少女は立ち上がった。その肩に手をかけ玄関まで誘った。

正直不安はある。説得は果たせたけれど、言葉の魔力が永遠ではないことをオレは知っている。どこかでうっかり嘘がバレてしまうかもしれない。あるいはオレの嘘のせいでもっと大きな不幸を呼び寄せてしまうこともあるかもしれない。叶うならばオレのこの拙い嘘の行方を見守っていきたい。

けれどオレは何も口にできなかった。連絡先を聞くことも、次に会う約束を口にすることもできず、ただ黙々と玄関に向かった。

泥棒としてこれ以上リスクを重ねるわけにはいかない。この少女ともう一度会うメリットなんてどこにもない。そんな理性からの言葉に加え、『泥棒であるオレとつながりを持てば、こいつだって不幸になる』という感情からの言葉まで加わってしまえば、オレが何か口にできるはずなかった。

オレは怖かったのかもしれない。簡単に捨てることができない何かを手近に置いておくことが。嘘の中で語った、父の幻想と同じように。

玄関までたどり着いても、泥棒少女はなかなか扉を開けようとしなかった。どうかしたのかと思い顔を覗き込むと、泥棒少女は慌てたように笑顔を見せた。

「あ、えへへ。そ、そうだ。これ、返しておきますね」

泥棒少女は、鍵を差し出した。郵便受けに貼り付けてあった、この家の合鍵だろう。とりあえず受け取り、念のためこっそりと布で指紋をぬぐっておく。

止めるならこれが最後のチャンスだった。けれどオレが口を開く前に、くるりと体ごと振り向いた泥棒少女は、晴れ晴れとした笑顔だった。

「ありがとうございます。もう、私は大丈夫です。もう二度と……あなたにも会いに来ません。父を、心配させるようなことはしません。だから……だから……さようならです。私の優しいお兄さん」

ぺこりと頭を下げると、みかん色をした少女は最後まで笑顔のまま帰っていった。思わず動き出しそうになる足をぎゅっとつねったまま、オレはその背中を見送った。

本当は何か言葉をかけるべきだったのかもしれない。泥棒少女の顔を覗き込んだときに一瞬だけ見えた、今にも泣き出しそうな表情がちらちらと思い浮かぶ。

でも声はかけられなかった。その後の笑顔があまりにも完璧で、タイミングを失ってしまった。

あいつも立派な嘘つきだ。あんな完璧な笑みを浮かべられるのだから。その力さえあれば、きっとこの先も大丈夫。きっと強かに生きていける。

オレはそう自分に言い聞かせながら、ぴったりと閉じた玄関から目を逸らした。

少女は帰ったが、大変残念なことにオレはオレでやることがあるので、まだ帰ることはできない。やることはいくらでもある。

まずは少女が漁っていた棚を整えなければいけない。ワンピースが入っていたダンボールは、持ち帰るしかないだろう。中身は後日、配達員を装って届けよう。蝶のブローチは、今回はあきらめる。もう時間がない。また、もう一度来ればいい。

そうして後始末を終えこの家から逃げ出せたのは、十一時ぎりぎりだった。郵便受けの中に鍵を貼り付けてようやく後始末完了だ。今度こそ誰に隠すこともなくため息を吐いていると、郵便受けの中に見覚えのある瓶が置いてあるのを見つけた。

緩んだ緊張が瞬時に戻った。少女が持っていた毒薬の瓶だ。不要になったから捨てていったのか？　それにしたって、郵便受けの中に入れるなんて何を考えているんだ。

適当に捨てておくわけにもいかず、仕方なく手の中に握りこんだ。よく見ると、瓶の下にはメモ用紙のようなものが置かれていて一言「ごめんなさい」と書かれていた。

ごめんなさい？　毒を仕掛けようとしてごめんなさいってことか？

気にはなるが時間がない。言葉の意味を吟味するのはひとまず後回しにして、とにかく敷地から脱出した。

少し歩いたところで、家に帰る途中であろう神條咲の姿を見つけた。ふぅ。危ない危ない。まさに間一髪というやつではないか。

顔を伏せて神條咲とすれ違う。両手には荷物をいっぱい抱えている。自分のことで精一杯で、周りに注目する暇なんてないようだ。

無事に何事もなくすれ違い、本日何度目になるかわからない安堵のため息が出る。

安心したところで、ちゃんと毒も始末する。成分がわからないのでどう始末するのが一番安全かわからないが、とりあえず焼却処分することにした。たいていの毒物は、加熱すれば毒性が失われるとどこかで読んだことがある。適当な空き地に移動し、近くのコンビニで買ったマッチに火をつけ、瓶の中に放り込んだ。

粉末はみるみる黒く焦げていく。それに伴い、なぜだか甘ったるい匂いが鼻を包んでいった。「もしかして毒成分が気化したか⁉」と慌ててハンカチで鼻を塞いだが、すぐにおかしなことに気づいた。この匂いは嗅いだことがある。

まさかとは思ったが、マッチを取り出してまだ少しだけ焼け残っていた粉末を指ですくってなめた。甘かった。まぎれもなく砂糖の味だった。

「……やってくれるじゃないか、あの小娘。『騙してごめんなさい』ってことかよ」

何が毒薬だ。自分は本気だぞということを示すために、ハッタリをうちやがったか。もし父親がいたら、これを飲んで自殺してやるとでも脅すつもりだったのだろうか。まったくもって不届き千万な女だな、ほんと。

などと心の中で悪態をつきながらも、どこか安心もしていた。オレを殺すつもりだったなんて嘘。あいつはやっぱり、父親が好きだったのか。

安心したからか、ようやくいくつかの疑問が浮かんできた。

結局あの少女、柳野花の真実はどこにあったんだろう。郵便受けの合鍵を知っているということは、おそらくあの家に住んでいたというのは本当なのだろう。そうなるとつまり、あの子は、オレの後にあの家にやって来たということなのだろうか。

母は言っていた。父は他の子の父親になったと。それはもしかしたら、柳野花のことなんじゃないだろうか。真実はわからない。わからないけど、別に気にはならなかかった。いつまでも過去にばかり目を向けていても仕方がない。知らなくてもいいことは、知らないままでもいいじゃないか。嘘は嘘のままで、構わない。

やれやれ。それにしても今回は大赤字だ。結局十万円は取られっぱなしだ。十万貯めるのに、いったいオレがどれだけ苦労をしたと思ってるんだ。

まぁいいさ。不思議と気分は悪くない。今日のところは、帰って寝よう。寝て起きて、これからのことはそれから考えよう。

そんなことを思いながらポケットに手を突っ込んだ。かさりと何かが手に触れる。

それを取り出し眺め、

「ふふっ」

思わず笑いが漏れた。

『一万円を借りました』『はい。柳野花が確かに確認しました』

そんな間抜けなことが書かれた借用書。

そうだな。忘れていたな。オレはあの子に一万円を借りていたんだった。借りたものは返さなきゃな。人のものを盗みはするが、借りたものは返す主義なんだよオレは。

だがなぁ、こいつの住所、知らないんだよなぁ……。

てくてくと歩き、空を見上げる。その瞬間、ぽかんと答えが浮かんだ。

「そういや、今日は開校記念日だって言ってたな」

今日が開校記念日の学校に通っている柳野花という生徒。そして養護施設にいる。さて、これだけの条件で、どの程度絞り込めるか。まぁいいさ。のんびり探せばいい。あいつに会ったらどうしようか。とりあえずは、何か食べ物をお土産に持っていかないとな。そんでもって、あいつの知らない父の話でもしてやろうか。

ああ。それだけじゃダメだよな。あいつは何でもないような口調で言ってたが、肉親とまったく会えないというのは、やっぱりつらいはずだ。オレに何ができるかはわからんが、ちょっとした話し相手になることくらいはできるだろう。

まぁ……あくまで一万円を返すついでっていうだけだが。

あいつは誰だと過去のオレは思い、あいつはどこだと今は思う。そんでもって、あいつがオレにとっての何になっていくのか。それはまだわからない。

「しかし、次会うときはどんな嘘をつけばいいのかね。面倒くさいから、誰か考えてくれないもんか」

などとくだらないことを口にしながらも、さっそく頭の中ではいくつもの嘘が浮かび始めていた。

やれやれだ。ほんと。

四章　誘拐

　父は探偵だったわけなのだけれど、実際に探偵らしいことをしている場面というものを、オレは見たことがない。いつ見ても家にいてパイプを吹かしているだけで、大体暇そうにしていた。

　買い物ですらたいていは母に任せていたから、父が外に出る機会といえば家族で旅行に行くときくらいだった。出不精なくせに旅行に行くとなると一番気合を入れるのも父だった。旅行先では、仕事のことを一切忘れたいからと、携帯電話の電源を切っておくほどだ。なんとも迷惑な気合の入れ方だと思う。しかも助手に居場所を見つけられると面倒だから、旅行先を伝えないというのだから徹底している。おかげで旅行から帰ってくると、父の助手がかんかんになって詰め寄ってくるのが常だった。

　そんな父がいつ、物語の中の探偵みたいにばっさばっさと謎を解き明かしては犯人を捕まえているのか、当時は本気で疑問に思ったけれど、今思えば父はいわゆる安楽椅子探偵というやつだったのだろう。

父の助手が事件の調査を行い、集まった証拠を元に事件を解く。口で言うのは簡単だけど、これはとても難しいことだろう。オレなんて、事件の渦中にいて嘘八百ばらまいて、ようやくあの泥棒少女の事件を解くことができた。

けれど母は、父が探偵という職業をしていることに難色を示していた。

オレが父から探偵の話を聞くのも嫌っていたし、父の仕事関係の人間とオレが接触することもはっきりと嫌がっていた。父に来客があるときは、だいたい部屋に閉じ込められて、母の監視の下、勉強することを強いられたものだ。

その過剰な対応はむしろ、嫌っているというよりも怯えているというほうが近かったのかもしれない。だから父も、解き終わった事件をオレに話してくれることはあっても、現在進行形の事件にオレを関わらせるようなことは絶対になかった。

いつも家にいて面白おかしい話をしてくれる探偵の父。たった一人であの広い家の家事を取り仕切っていた有能な母。そしてくだらない嘘をついては父と母を困らせるオレ。広いけれど狭い家の中、オレたち家族は平和に暮らしていた。平和に暮らしていたはずだ。ならばなぜ母はあの家を出て行くことを決心してしまったのだろう。十何年考え続けてきたけれど、いまだに腑《ふ》に落ちるような答えにはたどり着いていない。

通常よりも早く講義が終わり、大学を出てもまだ昼前だった。午後の授業も休講。最近の暑さは尋常じゃないせいか、講師陣のほうもまったくやる気がない。おかげでぽっかり時間が空いてしまった。

久々に集中して学生なんてものをやってみたけど、やはり非常に気楽だ。別に単位を落としたところで警察に捕まるわけでもなければ、うっかり毒薬を飲まされて殺されることもない。身の安全が確保されている時間は、なんてすばらしいのだろう。

しかし最近の気候はおかしい。暑すぎてアスファルトから湯気が出ている錯覚を覚えるほどだ。これはもう、旅行にでも行けということなのだろうか。それも悪くない。

実際、最近の暑さは、海にでも避難しないとやっていられないレベルだ。

海……海ねぇ。自慢ではないがオレには、仲良く海に行くようなオトモダチはいない。余計な敵を作るのも面倒なので最低限仲良くはしているが、こっちから相手の事情に踏み込みはしないし、こちらも踏み込ませない。他人と距離を置くなんて、犯罪者としては基本の基本だ。

でも今は、一人だけ例外がいる。他人だけれど、完全に他人でもない他人。うっかり踏み込んでしまった、あるいは踏み込まれてしまった、血のつながった他人。おそらくそいつは、海に連れていけばさぞ喜ぶだろう。実際には海よりは海の家のほうが喜びそうな気もするけど、とにかく楽しそうなのはいいことだ。

だがなぁ。本当に旅行に行くかどうかは別として、その前に片付けておかないといけないことがある。

もう一人の泥棒、柳野花と会ってからもう二週間以上が過ぎようとしていたが、オレはいまだに母のブローチを取りに行けずにいた。

一度だけ、後始末のためにあの家まで行ったのに、結局帰ってきてしまった。

もういい加減、海外出張から帰ってきていてもおかしくない時期だろう。父が家にいないだろうからと散々引き伸ばしてきたが、そろそろ年貢の納め時。いや、取り立て時。蝶のブローチを取り返し、そして神條拓真に聞いてみよう。なぜ母を捨てたのかと。

もしもオレが納得できないような理由を口にしたら、全力で拳を振り抜く。もしも納得できる理由を口にしたら――まぁそれは、そのとき考えよう。

京浜東北線に乗り、ガタコンガタコン電車に揺られること数駅。異国情緒あふれる特徴ある駅で、オレは降りた。見るべきところも多く、おいしい食べ物も多い場所なのに、いまだに何も見ていない。今日の用事が終わったら、一度のんびり歩いてみたいものだ。昼飯もまだだし、中華街のほうまで足を伸ばしてみるのも悪くない。

以前この駅に立ったときとは違い、今日は身軽だ。通学用のかばんは持っているが、中身は空。サイドバッグに入っているいつもの道具たちもいない。盗むのは最終手段だ。神條拓真の息子だと正直に名乗ってあのブローチを返してもらう。それが一番楽な方法だ。余計なリスクを負う必要はない。

外は相変わらずの陽気で、ベーコンと卵があれば軽く朝食を作れてしまうほどの熱気が立ち込めている。朝よりも数段ひどい。思わずため息だ。

別に暑いのは嫌いじゃない。寒さよりはマシだ。何せ寒いと、手元が狂って鍵開けの難度がぐーっと上がってしまう。

そうこうしているうちに、神條宅に到着した。平日の昼間だからか、静まり返っている。以前の調査結果を信じるなら、娘である勇子は学校だからいないはずだが、妻である咲のほうは買い物を終えて家にいるはずだ。海外出張から戻ってきているなら、神條拓真もいることだろう。

家を見たとたん、高速でリズムを刻み出した胸の辺りをそっとなで、扉の前に立つ。なかなかチャイムを押す勇気が出てこない。でもこのままじゃ不審者確定だぞと言い聞かせ、目をつぶって一気にチャイムを押した。

響くピンポーンという音。悪いとわかっているテストが返される瞬間のような、胃が痛くなる時間。実際には数秒なのだろうけど、時間が無限に引き延ばされているような不思議な感覚。もう何でもいいから、この場から逃げ出してしまいたくなる。

……って、あれ？　誰も出てこない。

もう一度チャイムを押してみたが、やはり誰も出てこない。どうやら留守のようだ。

どうしよう。これが電話なら、相手が出なかった時点でまたかけようとあきらめることもできるけど、わざわざ電車賃を払ってここに来たのに、手ぶらで帰るのも情けない。ここで帰ってしまったら、次に来る勇気を出せるのはいつになるかわからない。

仕方ない。中で待たせてもらうか。

一気に気楽になった。問題が先送りにされただけなのだけど、ほっとしてしまったのは事実だ。

郵便受けから合鍵を回収して、表玄関を開けた。中を軽く見渡してみるが、やはり誰もいない。これだけチャイムを鳴らしたのに、中に人がいたらビビるけどな。

この前来たときは心に余裕がなくて、中をじっくり見る機会はなかったけれど、落ち着いた状態でこの家の中を歩いていると、なぜか泣きたいような気持ちになる。

壁の傷。くすんだ天井。子供のころはとても怖かった、意味不明な抽象画。そのどれもに別々の思い出があり、心の弱い部分をつんつんとつついてくる。

建物自体が発している、古いもの独特の匂い。歩くたびにちょっとだけ軋《きし》む床。時が止まってでもいるかのように何も動かない、静謐《せいひつ》な雰囲気。息を吸い込むごとに少しずつ、この家の空気が体に満ちてくるのを感じた。

この家から出ることになったあの日のことは、いまだにいまいち思い出せない。

オレはその日が来るまで、父と母が離婚するなんてこと、かけらも想像していなかった。そんな予兆なんてどこにもなくて、朝学校に行くときだって、母と父は並んで手を振り見送ってくれた。

その日は事前に来客があると聞いていた。どうせ家に戻っても、母から勉強を強要されるだけだから、学校から家には戻らず、そのまま遊びに行った。

しばらく遊んでから帰ると、なぜか母が玄関で待っていて、顔を見るなりオレを抱きしめてきた。そして、ろくに説明もしてくれないままに、この家を出た。

オレはその日遊んだ友達から借りたゲーム機を持ったままだったし、おやつを食べていないからお腹も空いていた。何事にもきちっとしている母が、外遊びをしていたオレに手も洗わせないままに出かけるなんて初めてだったから、理由を聞こうと何度も母の顔を見上げた。

そしてそのたびに口をつぐんだ。

母は怒っていた。普段から怒りを表に出すことはない人で、怒るよりも泣くことのほうが多い人だったけれど、そのときは何も表情を浮かべず、静かに怒っていた。赤い炎よりも青い炎のほうが温度が高いように、本気で怒っているときの母は、逆に静かになることを知っていたオレは、握られた手が痛いことに文句を言うこともできずに、母に引っ張られるに任せた。

それでもまだ、危機感は少なかった。いつものように、父と少しけんかでもしただけなのだろうとのんきに考えていた。

もう二度と家にも戻れない。仲が良かった友達にも二度と会えない。そのことを理解できたときの絶望の手触りとか、喪失感の味だとかは、もう当時のみずみずしさを失ってはいるけど、それでもまだじんわりと心に残っている。

世界が終わってしまった。当時は本当にそう思っていた。

今思い返しても、急すぎる出立だったと思う。夫婦のことは、子供だったオレにはわからなかったとはいえ、少しは子供側の事情も考えて欲しかったもんだね、ほんと。

懐かしさに導かれ神條宅を歩いていたオレは、ふと嗅ぎ慣れた香りが鼻をくすぐっていくのを感じた。パイプ独特の絡み付いてくるような香り。見ると、神條拓真の部屋の扉が少し開いている。そこから香りが漏れているようだ。

消えかけていた緊張感が体に戻ってくる。神條拓真が帰ってきていたのだろうか。いや、そうだとしたらチャイムが鳴っても出てこないのはおかしい。

まさかとは思うが、また泥棒と鉢合わせとかじゃないだろうな。笑うぞ、ほんと。あれだけチャイムを鳴らしておいて今さらではあるが、一応気配を殺して扉に近づく。中から物音は聞こえない。どうやらパイプの香りは、もともと部屋に染み付いている香りのようだった。それでも念には念を入れて扉の隙間から中を覗いた。

部屋はひどい有様だった。

パソコンが置かれた机は、引き出しという引き出しがすべて開けられ、壁に並ぶ棚の中身はすべて外に出されていた。壊れたものや散らばった資料のせいで、足の踏み場もない。

どういうことだ、これは。

わけもわからないまま中に入り、部屋中を見渡す。人はいない。ただ部屋にあった物だけが、地震にでも遭ったかのように乱されている。

地震？　いや、違うだろ。現実を見ろよ。間違いない。これは誰かがこの部屋を物色した跡だろ。

引き出しは開けられ中身が外に出されている。引き出しという物の構造上、中身だけ外に出るなんてありえない。誰かが中身を引《ひ》っ掻《か》き回《まわ》したのだ。

いつもの癖で部屋の出入り口を確認してしまった。窓は鍵がかかっている。無理やり開けられたような跡もない。とすると犯人の逃走経路は、今オレが入ってきた入り口で間違いないようだ。

舌打ちしたくなるのをこらえきれない。何で、こんな面倒なことにばかり巻き込まれるんだ。いったいオレが何をしたって言うんだよ。

いや、落ち着け。落ち着いて、息を吸って、考えろ。

まだこれが、何らかの犯罪行為の跡とは限らないじゃないか。部屋を荒らしたのは神條拓真自身という可能性だって、ゼロではないだろう。もしかしたら家族の誰かという可能性だってある。そう、たとえば、やつの仕事の都合で、昔の捜査資料が必要になって、神條咲あたりが、部屋中を引っ掻き回したのかもしれないじゃないか。

慌てない、騒がない。冷静に、着実に。

息を吸い込む。パチパチと瞬きをする。相棒の左手と、役立たずの右手を、一度開いて閉じる。まずは現状を把握すること。それが先決だ。

犯罪者をやっていると、こういう突発的な事態に巻き込まれたときも、すぐに態勢を立て直せるのがよいね、ほんと。

万が一に備えてドアノブの指紋を消し他の部屋も調べることにした。建物は広いが、構造を理解しているから調べ終わるのは早かった。

結論から言えば、神條咲と勇子の部屋も神條拓真の書斎と同程度――足の踏み場もないほどに荒らされていた。

少なくとも、タダの泥棒ではない。もし泥棒だとしたら、間違いなく三流の素人だ。中身を調べるときは、引き出しは下の段から開ける、下手に物音を立てないために床に物をばら撒かない、など、普通の泥棒なら守るであろう初歩ができていない。

犯人はつまり、住人に見つかってもかまわないと考えているのだ。あるいはそう、もうすでに、住人が二度と帰ってこないと知っているのだ。だからこそ、物音なんて気にしないし、効率よく盗んで早く逃げようなんて考えていない。

こうなると、本来この時間は家にいるはずの神條咲が家にいないということが、別の意味を帯びてくる。現在、どのような状態でいるのか、楽しい想像なんて少しも浮かばなかった。

非常に嫌だったが、床に赤黒い跡がないかも確認した。洗面所を開けるときなどは、緊張で胃薬が欲しくなったほどだ。それでも幸いなことに、明らかに誰かが傷つけられたような跡は見つからなかった。

強盗ではなくて、心の底から安堵した。さすがに死体でも発見したら、夢見が悪い。

しかしこうなってくると、犯人の目的は限られてくる。

明らかに金目のものはないだろうに、神條拓真の捜査資料は荒らされていた。資料が欲しかったのか？　あるいはやつの探偵としての才能でも借りたかったのか？　そのための人質として、家族を連れ去った？　正解はわからないが、まぁ正直、どうでもよかった。

どんな形で事件に巻き込まれたにしろ、神條家には同情する。うん、間違いなく。でもそんなこと、いったいオレに何の関係があるだろう。巻き込まれた家族はかわいそうだが、面識もない人のために何かをしようと思うほど、オレは善良な人間ではない。何か事件が起きているなら、神條拓真が解決すればいい。

すでに状況は変わった。のんきに神條拓真と話している余裕なんてなさそうだ。こうなったら、さっさと蝶のブローチを見つけて帰ってしまおう。余計なことで疑われるのはゴメンだよ。

神條拓真の部屋へと戻った。部屋は荒れ果てていたが、物を探すのは得意だ。住人が大切なものをどこに隠すか、泥棒としての経験を遺憾なく発揮する。

まずは、住人が普段から物を出し入れするところ。よく目につくところ。鍵のかかる場所。仏壇や神棚など、神聖なものの近く、などなど。自分が、大切なものを隠す立場になってみればすぐにわかる。人が物を隠す場所のパターンなんて、たかが知れているのだ。

案の定、目当てのものはすぐに見つかった。紫色をした、手触りのいいベルベットの箱。母がこの家に住んでいたころ、いつも眠る前に愛おしそうにガラスの蝶を収めていた箱だ。

もともとは神條拓真の机の引き出しに入っていたのか、そのそばの床に転がっていた。書類の山に埋もれていたら見つけるのが大変だっただろうが、幸い書類山の山頂付近に落ちていたため、あっさりと見つけられた。

一応確認のため箱を開く。だが落ちた拍子に箱が歪んだのか、力を入れても開かない。箱をよく見ると、留め具のようなものがついていた。これじゃ開くはずがない。

せっかちな自分に苦笑しつつ、留め具を外してふたを開けた。

「……え？」

箱の中身は空だった。もしかしたら床に転がっているかもしれないと、一縷《いちる》の望みを託して探してみたが、どこにも落ちていない。盗まれたのだろうか。この部屋を荒らした犯人に。行きがけの駄賃として。あんなものに、金銭的な価値はないのに。

「何でだよ……」

頭を抱えたくなった。オレは確かに日ごろの行いが悪い。だからって、こんなひどい目に遭わせなくてもいいだろうがよ。ああもう、これからの苦労を考えると、胃が痛くなってくる。

この家を荒らした犯人を捜す。そして蝶のブローチを取り返す。

ふざけるな。そんな面倒くさいことやってられるか！

そう叫びたくなるのをこらえるので、精一杯だった。神條拓真にすべてを託してこのまま帰ってやりたくなる。

と、そこまで考えて、今までまったく考えていなかった、ある可能性に気がついた。

柳野花。あいつになら、こんなことをしでかす理由は十二分に存在するじゃないか。

……いや、ありえない。けれど動機も機会も、あいつにならある。

父への恨み。自分抜きで幸せそうに暮らす家族への妬み。そんなことをあいつは口にしていたじゃないか。あのとき、表面上はオレの言葉を受け入れて、二度とここへは来ないなどと言っていたが、実際のところ内心どう思っていたかまではわからない。

オレは、自分が嘘つきなのに、相手がまったく自分に嘘をついていないと考えるほど、おめでたい人間ではない。嘘をつけるやつは、神妙な顔をしたままどんな卑劣な嘘だってつくことができる。少なくともオレはそういう人間だ。

以前ここに来たときから、まだそれほど経っていない。いくら神條拓真が人様から恨みを買うことが多い探偵なんていう職業だとはいえ、こんな短いスパンで別の泥棒が入ってきたと考えるほうが苦しい。それに邸内を見回ったとき、窓ガラスが割られているなどということもなかった。つまり、合鍵を使って家に侵入した可能性が高い。あいつなら鍵の場所だって知っている。

あいつが、犯人なのか。

その可能性は高いかもしれないが、オレの感情はその結論を否定していた。演技はうまいけど、嘘は下手なやつだった。悪いことはできても、ひどいことはできないやつだ。だがオレは知っている……人が人に抱く印象なんて、ほとんどアテにならないことを。

パイプの香りが残る父の部屋で、オレは長く長く悩んだ。ステンドグラスの窓から降り注ぐ光が、床に鮮やかな影を映している。こんな心境でなければ、それはきっと、とても美しく感じたのだろう。でも今は、そんなことを感じる余裕もなく、形のない不安だけがぐるぐると頭を回っていた。

……決めた。柳野花に連絡を取ろう。結局、そうするのが一番いい。たとえごまかされたとしても、神経を研ぎ澄ませば、そこに嘘があるかどうかくらいは見抜ける自信はある。最悪、柳野花がこの家を荒らした犯人だとして、そのときは警察にでも連絡すればいい。母のブローチを取り返すには少し警察に事情説明が必要になりそうだが、他に考えも浮かばない。

柳野花の居場所についてわかっている情報はあまり多くはない。養護施設で暮らしていること。二週間前、開校記念日だった学校に通っている可能性が高いこと。そんなところだろうか。幸い目の前には、神條拓真のパソコンがあった。これだけ情報があれば、ある程度場所を絞り込むくらいのことはできそうだ。

パソコンを起動すると、案の定パスワードの入力を求められたが、神條拓真の誕生日を入力すると、あっさりデスクトップの画面が表示された。これではまったく、パスワードの体をなしていない。泥棒に個人情報を盗まれちまうぜ、ほんと。

ブラウザを立ち上げ、試しに養護施設と入力してみる。

「ん？　おっと。これは…………」

養護施設と入力すると、検索履歴に『光の丘』と候補が表示された。どうやらこのブラウザで、すでに検索されたことがあるワードらしい。

どんな事情で養護施設に捨てられたのかは知らないが、その情報を過去に調べていてもおかしくはないか。大方、新しい女でもできたから、邪魔になったのだろう。つくづくどうしようもない男だ、ほんと。

『光の丘』は案の定、養護施設の名前だった。場所を調べると、割とここから近い。電車の乗り継ぎは面倒だったが、三十分ほどで行けそうだった。さらに近隣の中学高校を調べ、以前盗みに入ったときが開校記念日だったか確認していくと、あっさりと『光の丘』から一番近い高校が引っかかった。どうやら当たりのようだった。

さっそく『光の丘』に電話をかけてみるが、一応保険としてオレのケータイではなくこの家の固定電話を使うことにした。ホームページに書かれていた番号を確認し、廊下に置いてあるアンティーク感バリバリの固定電話を手に取る。

コール音三つくらいで、相手につながった。

「はい、こちら養護施設『光の丘』でございます」

予想していたのとは違い、中年の女の声だった。職員だろうか。って当たり前だろ。オレはいったい、誰が出ることを期待してたのかね。

「あ、申し訳ありません。わたくし、東稜《とうりょう》高校の者ですが」すかさず、先ほど調べておいた高校の名前を口にする。「そちらに、柳野花さんはいらっしゃいますか？」

高校の名前を告げたのがよかったのか、もともと無警戒な人なのか、向こうは簡単にオレの言うことを信じた。

「あ、野花ちゃんですね。少々お待ちください。確か、さっき学校から帰ってきたばかりのはずなので」

ごとり、と受話器が台に置かれる音がした。受話器越しに、どこかで遊んでいる子供の声が多数響いてくる。

あいつは普通に施設に戻っていたのか。犯罪なんてしていないからこその余裕なのか。それとも、絶対にバレないと自信があるのか。

「お待たせしました。柳野花でございますー。そちらはどこの誰さんですかねー？」

おちゃらけたのんきな声に、思考をずばっとたたき切られた。間違いなく、柳野花の声だ。何と口にしようかと迷ったが、ここは相手の反応を窺うためにビジネスライクでいくことにした。

「…………この前は世話になった。神條久人と言えば、わかってもらえるか？」

「あ、え？　お兄さんじゃないですかー！　えー!?　意外すぎですよぅ！　電話番号、教えましたっけー？」

テンションが高すぎて耳が痛い。思わず受話器を耳から遠ざける。

くそっ！　こいつは相変わらずだな。こっちの緊張とか空気とか、はなから読む気がないとしか思えん。

「で？　で？　何の御用ですかー？　あ、もしかして、お貸しした一万円を返してくれるとか、そういう話ですかー？」

ずうずうしいしあつかましい。いつかは、借りた一万円を返すつもりだったが、一気にその気が失せる。この前はあんなしっとりとした雰囲気で別れたってのに、忘れてるのかね、ほんと。シリアスキャラはどこ行った。

「お金の話はまた今度」

「今度っていつですか⁉　きちんと約束しないと、今度という日は絶対にやってこないと、私は知っているんですよ！」

ウザい。いちいち反応するのも面倒だ。こっちはこっちで話を進めよう。

「それより、つい最近、うちに来たりしていないか？」

「え、うちって、あのお家ですか？　探偵一家で暮らしてらっしゃる？」

ふむ。答えは普通だ。

もしもこいつが本当にこの家を荒らした犯人だとして、その現場に行ったかと問われれば、こちらが何も問いかけずとも、思わず行ってませんと答えたくなるのが人情だ。反応は合格。この態度がもし嘘だったら、かなり本腰を入れないと見抜けない。

「そう。今、うちから電話をかけてるんだけど、最近ここに来た？」

「んん？　最近と言うと、私が前にそこに行ってから、今日までに、そちらをお訪ねしたかってことですよね？」

「来たのか？」

「……………質問にお答えする前に、こちらからも聞いていいですか？」

時間を稼がれている？　わざと意味のない質問をしているうちに、オレへの嘘を考えているのか？　どうする？　質問を受けるべきか？

「………どうぞ。ただし質問は一つにしてもらう」

「あ、はい。一つで十分ですよ。もしかしてなんですけど、久々にお家に帰ってみたら、何か大事なものが盗まれてたとか、そういうことがあったんですかね？　ついでに言っておきますけど、私は何も盗んでいませんからね」

「……………………………」

さすがにすぐに返答できなかった。オレは渇いてきた唇をなめ、野花に尋ねた。

「おい……お前がやったのか？」

「え？　だから、何も盗んでませんって」

これ以上問い詰めたら、逃げられるかもしれない。でもやめられなかった。

「じゃあなんで、そこまで詳しい事情を把握してるんだ。説明してみろ」

「えー？　そうですねー、何かおごってくれたら、一から九くらいまでは説明してもいいかなと……つきましては残りの一については、追加料金をいただくということで」

「ああ、なるほど。ようするにお前は、オレにこう言って欲しいわけだ。さっき電話に出たおばさんに、お前がうちに来てしてたことを告げ口するぞって」

「わー。性格悪いお兄さんですねー。そんなこと言うなら、電話切っちゃいます。どうして私がここまでわかったのか、気になって眠れないままでいてください」

わかっちゃいたけど、なかなか一筋縄じゃいかないやつだ。こうなったらもう、適当な嘘でごまかそう。

「言っておくけど、冗談じゃないんだぞ。お前、このままじゃ警察に捕まるぞ」

「え、え、え？　な、な、何でそんなことになってるんでございましょうか？　け、ど、泥棒は未遂で終わったんですよ！　私は無実です！　私が犯人だと言うなら、証拠を出してください証拠を！」

何でこいつは、追い詰められた殺人犯みたいなことを言ってるんだ。疑わしさ二割増しじゃないか。

「オレだって、お前が捕まるなんて気分の悪いこと、受け入れるわけにはいかない。

だからお前の無実を証明したいんだ。知っていることを全部話してくれないか」

嘘八百。我ながら、ぺらぺらとよく回る舌だ、ほんと。

「うーん。別に知っていることなんてないんですけどね。だって、お兄さんが私にわざわざ電話をかけてくる用事なんて、私にお金を返すことくらいですよね。それが違うということは、もう可能性はそう多くありません。お兄さんは、私が、えと、ちょっとイケナイ行為をしている現場を過去に見ている。だから同じような事件が起きたときに、私を疑った。声の切羽詰り具合からも、あまりいい電話ではないと思って、そう考えたんですけど、どうでしょ？」

オレが何も答えられずにいると、野花は不安そうに言葉を続けた。

「えと、これだけ偉そうに語っておいて外してたらがっかりぽんなんですけど、合ってました？」

正直驚いた。ようするにただのかまかけ当てずっぽうだが、その考えにこの短時間で至るとは。こいつ、アンポンタンなやつだけど頭の回転はオレより間違いなく速い。

「ほとんど当たりだ。確かに、うちに泥棒が入った。だからお前を疑った。悪かった、ごめん」

「うえっへっへっへ。ま、素直に謝ることはいいことですヨ。で、謝るだけですか？

もっと他に、誠意を見せる方法はないんですか？　具体的に言えば、ご飯をおごるとかそういう感じの」

何だろう、かすかにあった罪悪感とか一瞬で消し飛んだ気がする。思わず素の口調で「ちっ。飯をおごるくらい別に」と口にして、一瞬で全身が冷えた。いつの間にか、すっかり会話のイニシアチブをとられている。

待て。落ち着け。こいつのペースに引っ張られるな。

忘れたのか？　何でオレはこいつに電話をかけた？　こいつが神條家の住人がいないことに関わっているか確認するためだろ。こいつは自分を捨てた神條家の人間を恨んでいる。こいつの中では、神條家の一員の中には、オレも入っているんだぞ。直接会って飯をおごるなんて、とんでもない。

あれだけ少ない情報で、この家に泥棒が入ったことまで言い当てたのは優秀だ。だがそれは、こいつが犯人でないことの証明にはならない。こいつが犯人なら、知っていて当然なんだから。

「おごるのはなしだ。野花が犯人でないならよかった。じゃ」

「えー？　ちょ、それは冷たいんじゃありませんお兄様。かわいい妹が、お腹を空かせておねだりしてるんですから、気持ちよくおごってくださいよ。ね？　お兄さんだって、お兄さんっぽくお兄さんぶって妹におごりたいですよ、ね？」

「何が、ですよ、ね？　だ。おごらないものはおごらないんだ」

「冷たいよぅ。前会ったときは、『野花。オレはもう、二度とお前を離さないぜ、ひしっ』って感じだったのにー」

いったいどこの誰の話だ。誰も得をしない嘘をつくな。

いい加減うんざりしてきたので、もうそろそろ適当に話を切り上げようと思ったそのとき、電話の向こうの気配が少し変わった。

「あ、う、わ、わかってますよぅ」わかってます？　ああ、違う。これはオレにじゃなくて、受話器に向こうにいる誰かに向かって言っているのか？

「長電話やめますよぅ、ごめんなさい。——え？　さ、さ、さ、さっきのは、本当に言われたことじゃなくて、その、私の妄想っていうか、相手をからかっただけっていうか——え、え、え？　で、電話代わらなくてもいいですよぅ！　ご挨拶とか、ほんとにいらないですから！　じゃ、じゃあひ、久人さん！　そちらに伺いますので、ちゃんと待っててくださいよ！　では！」

言いたいことだけ勝手に言い残し、電話は切られてしまった。きんきんと響く大声でがなりたてられて、耳が痛い。受話器を置き、オレはため息をついた。

あいつがここに来るらしい。あいつが犯人ならオレを殺しに。犯人でないのなら飯をおごられに。逃げ出すのは簡単だ。あいつはオレの本名が神條ではないことも知らないし、自宅の場所だって知らない。ここから立ち去ってしまえば、二度と会うこともない。だがここで逃げれば、母の形見の行方はわからないままだ。

正直、あいつが人殺しだなんてとても思えなかった。人が見かけや言動によらないということは重々承知しているが、それでもなお、あいつが犯人だなんて信じられなかった。泥棒として培ってきた全経験が、あいつは嘘なんてついていないと告げている。だけど理性は、一パーセントでもリスクがあるなら避けるべきだと警告してくる。

どちらの声に耳を傾けるべきなのだろう。どちらを選ぶのが正しいのだろう。

「…………くそっ。正しい解決策なんてとっくにわかってんだよ。でも、でもなぁ」

別に難しい話じゃない。あいつがここに到着するまで三十分ほど。その間に、柳野花が犯人ではないと証明すればいい。誰かを犯人だと告発するには、それなりの証拠を集めないといけないだろうが、犯人でないと証明するのはオレでも難しくはない。ようするにアリバイを証明すればいいのだ。

神條咲たちが、母のブローチごと行方不明になった日時を特定し、そのとき柳野花が何をしていたか確認する。それだけのことだ。それだけ。

だが逆にもし、アリバイがなかったら。それを考えると、心がざわついた。

いや、考えても始まらない。オレはやるべきことをやるだけだ。

息を吸い込む。パチパチと瞬きをする。相棒の左手と、役立たずの右手を開いて閉じる。っし。じゃあやるか。


とにかく何も準備してきていないので、まずは情報収集用の装備を整えた。幸い、神條拓真の寝室を漁ったら、いろいろと見つかった。スーツもあったので着込んでおく。大学生よりも、社会人のほうが社会的信頼性は高いからな。

オレは持っていた荷物を神條宅に置き、近所をふらふら歩き回った。まずは神條咲たちが行方不明になった日を特定しなければならない。狙うのは子供がいる家だ。神條咲と交流がありそうな家に聞き込みをかけなければ意味がない。できれば子供は神條勇子と同じ高校生くらいならベストだが、そこまで求めるのは贅沢だろう。

家族構成というものは、外から見るだけでも結構簡単にわかる。

洗濯物は基本。ぱっと見で家族構成を把握するのに役立つ。時折、下着だけは家の中に干すという人もいるが、そういう人でも靴下なんかは外に干す場合が多い。その数や大きさを見れば、家族構成は丸わかりだ。

季節によっては直接窓から中を拝見できる場合もある。自転車なんかもかなりの情報だ。数で家族の人数はわかるし。デザインやサドルの高さで年齢性別も推定できる。

オレは神條宅の近所の中から、自転車が三台置かれた一軒家をターゲットに決めた。デザインからして、おそらく子供は女の子。年齢は中高生。ちょうどいい具合だ。

オレはスーツのほこりをはたき、軽くネクタイを締め直すと、チャイムを押した。

数秒後。マイク越しに「どちらさまですか？」と少し不機嫌そうな声で尋ねられた。

「突然申し訳ありません。わたくし、こういう者ですが」

そう言ってスーツの内ポケットに手を入れて、警察手帳を取り出した。

「え、警察の方ですか。すみません、すぐに参りますので」

相手は急にかしこまった。なんともラクチンだ。

警察手帳はもちろん偽物だ。神條拓真の部屋を漁っているときに見つけた。オレもネットに流出していた本物の画像を見ながら、ちくちくと手作りしたものを持っているが、それと同程度の偽造っぷりだ。見る人が見れば、偽物だとすぐにバレるのだろうが、普通の人を騙すには十分。探偵が何でこんなものを用意していたのかは、あまり深く考えないようにしよう。

すぐに家の中から足音が聞こえてきて、玄関が開いた。見た目四十代くらいの女性で、エプロンをつけたままだ。よっぽど慌てて出てきたのだろう。

「け、警察の方がどんな御用でしょうか」

「ああ、突然申し訳ありません。ちょっと今、とある事件の聞き込みをしているのです。少々お話を伺ってもいいですか？」

「あ、はい」女の表情が安心したように弛緩する。気持ちはわかる。突然家に警察がやって来たら、誰だって家族に何かあったのかと緊張するだろう。

「あなたは、この近所に住んでいる神條さんをご存知ですか？」

「神條さん？ すみません、わかりません」

やはりそう上手くはいかないか。以前、神條家の家族構成を調べるために聞き込みしたときも、情報の集まりが悪かったのを思い出す。

あれだけ大きな家に住んでいて、しかも探偵という珍しい職業。普通なら嫌でも名前が知れ渡る。それなのに近所で知れ渡っていないということは、意図的に情報を伏せているのだろう。

神條宅に表札なんてものはないし、どこにも探偵事務所とわかるような看板なんかない。あれでどうやって経営が成り立っているのか不思議だが、近所に探偵であることを隠している可能性は高い。

さて、しかし困ったぞっと。

「ええと、神條さん。神條咲さんをご存知じゃありません？　顔は――」

以前ケータイで撮影しておいた神條咲の写真を見せると、女はぱっと顔を輝かせた。

「ああ！　知ってます、はい。毎日必ず、朝のセールと夕方のセールのときに、うちのスーパーに来店してくださるお客様です。格好が派手だから、有名なんですよ」

よし知ってたか。しかも、あのスーパーの従業員だったとは。珍しくツイてる。

「毎日必ずということは昨日も？」

「ああ、いえ。そういえば最近はお見かけしませんね」

「具体的に、いつからかわかります？」

「いつから……いつから……あ、あの。その方、何か事件に巻き込まれたんですか？も、もしかしてさ、殺人とか」

気になる気持ちはわかるけど、嘘をつくのも面倒なんだから聞かないで欲しい。

「ああいえ、神條さんは以前、交通事故を目撃されたんですよ。その際、事件解決につながる非常に重要な証言をしてくださったので、警察から報奨金が出たのですが、すっかりお渡しするのが遅くなってしまいまして。で、二回ほどお宅を訪ねてみたんですが留守だったもので、どこかご旅行にでも行ってらっしゃるのかなと」

「旅行、ですか」

「それで、神條さんはいつまでスーパーに通ってらっしゃいましたか？　そこから逆算すれば、帰宅される日も見当がつくかなと」

「ああ、そういうことでしたか。ええと、ちょっと待ってくださいね……確かこの前の手羽先フェアのときに、あの派手な人来なかったねって小中《こなか》さんと話したから……ええと、十日前ですね。はい。間違いないと思います。その前の日は、夕方のセールでお見かけしたので」

なるほど十日前か。オレが泥棒に入ってちょっと経ったころか。少なくともその日にはもう、スーパーへ買い物に行ける状態ではなかったと。

一応スーパーの他の従業員にも連絡を取って確認してもらったが、やはり十日前という結論は動かなかった。これでとりあえず、神條咲が行方不明になった日にちが、今から十日前だとわかった。

次は柳野花のアリバイ確認だ。やつが到着するまであと十分。あまり猶予はない。さっさと、とっとと、ぱっぱと調べないと。

オレは神條宅まで戻り、固定電話を手に取った。さっきの電話で、声を覚えていてくれたら助かるんだが。

「はい、こちら養護施設『光の丘』でございます」

よし。さっき電話を取った中年女性の声だ。

「あ、わたくし、先ほどそちらの柳野花さんにお電話を差し上げた者ですが」

オレがそう告げると、電話の向こう側の温度が三度は上昇したのを感じた。

「さっきの彼氏くん？ 野花ちゃんなら、もうとっくに出かけちゃったわよ。何か言い忘れたことでもあったの？」

ちっ。誰が彼氏か。

「いいえ、自分は、柳さんのただの知り合いです。別に大した関係もない、ただの知り合いです。柳さんが出てしまったなら都合がよかった。ちょっとお尋ねしてもいいですか」

「はいはい。おばさんにわかることなら何でも聞いて。そうね、たとえば野花ちゃんの好物ならグラタンだけど」

心底どうでもいい情報だ。

「いえ、そういう浮ついた話ではなくてですね。この前、柳さんに関して不穏なうわさを耳にしまして、ちょっと確認したかったんです」

「不穏なうわさ？」

今度は、電話の向こう側の温度が、五度ほどは下降したのを感じた。

「ちょうど十日前の夜のことなんですが、繁華街で夜中に柳さんを見かけたという人がいるんです。何かご存知ありませんか？」

電話の向こうから、ため息が聞こえた。

「またそういうのですか」「また？」

「繁華街で夜中に野花ちゃんがいたから、何か悪いことをしていたと疑っているんですか？」「あ、いえ、あの」

「親がいるというのが、そんなに偉いことなんですかね。別に親なんかいなくたって、あの子たちは立派に育っています。それなのにどうして、そんな根も葉もないうわさを……」

怒っている。根も葉もないうわさに怒れるということは、悪い人ではないみたいだ。とはいえいきなり怒られても困るわけだが。

しかし『また』か。やはり世の中には、親がいないということで差別する人間はそれなりにいる。相手が子供の場合は特に多い。そんなもんだ。

「わかります。自分もそうですから」「え？」

「自分も父がいません。だから、人にいろいろ言われたこともあります。気持ち、わかります」

　ぺらぺらと舌が回る自分に嫌悪感。だけど最後まできちんと仕上げる。

「柳さんのうわさが、根も葉もないものだということはわかっています。あいつはそういうことをできるやつじゃない。だからきちんと、それを証明したいんです」

　電話の向こうは、しばし沈黙した。そして、再びため息。でも今度は、さっきとはぜんぜん温度が違った。

「そう。なら教えてあげる。あの子が繁華街なんかに夜行くわけありません。だってあの子は、毎日遅くまで勉強していますから。私は、毎日十一時半ごろに夜食を持っていきますから、確かに部屋で勉強しているのも確認していますし、それより前に『家』を抜け出したなら、必ず誰かが気づいたはずです。それにそもそもあの子は、無断で夜出歩いて人に心配かけるような子じゃありません。私が保証します」

　今度はこちらがため息をつく番だった。百パーセント安堵で構成されたため息を。

　十一時半に目撃されているなら、大丈夫だ。行きの電車はあるが、帰りは終電を過ぎてしまうだろう。アリバイ成立だ。

　もちろん、帰りは徒歩やタクシーという可能性もゼロではない。これが本当の殺人事件のアリバイなら、犯人候補から外すわけにはいかないだろう。でもオレを納得させるなら、これだけで十分だった。

何も変わらずいつもどおりだった。その日だけ部屋にいなかったというわけでもなく、変にアリバイがしっかりしているわけでもなく、普通にいつもどおり。それが何よりも、柳野花は事件に無関係であることを示していた。

それにこの人は言っていた。柳野花は人に心配かけるようなことをする子じゃないと。それはオレの認識とも一致している。実際のところ、アリバイなんかよりもオレは、柳野花の身近な人から、この言葉を聞きたかったのかもしれない。

「ありがとうございました。おかげですっきりしました」

「こちらこそありがと。野花のことをしっかり考えてくれているただの知り合いくん」

わざわざお礼を言われると、少しこそばゆかった。まぁ、ほとんど嘘なわけだけどな……。

電話を切って数分後。ばしんっと玄関を開け放ち、ひまわりですらもその暑っ苦しさに顔を背けそうな顔で、柳野花がやって来た。家から来たからか今日は私服だった。だぼっとしたチェニックに、デニムのショートパンツを合わせている。

「お久しぶりですっ！　具体的に言えば、二週間ぶりですっ！」

ああもう、会って三秒でうっとうしい。

「もうちょっとテンション下げてくれないか。暑苦しい」

「いや、だって会いたかったんですもん。テンションだって上がりますよぅ」

ストレートな言葉をぶつけられてひるむ。下手に頭がいいやつより、こういうバカのほうが苦手だ。だが油断はしちゃいけない。こいつはこういう笑顔でハッタリをかませる演技派なのだから。

「では、とりあえず一万円返してください。詳しい話はそれからです」

ストレートな要求を突きつけられてまたひるむ。もう少し慎みを持てと言いたい。

慌てる坊主はもらいが少ないという言葉を知らないのか。

とはいえ金を返さないままだと、こいつのウザさがうなぎのぼりになりそうなので、オレはあきらめて財布を手にした。中にお札は一枚。万札だけだ。これを渡したら、なんとも寂しい財布になってしまうな。Suicaにまだ結構入っていたから、問題はないけど。

お金を渡すと、野花はぐっとガッツポーズを決めた。嬉しそうで何よりだ。

「つーか、なんで来たんだよ。別に犯人じゃないってわかったんだから、お前はもう帰っていいぞ」

「え、ちょっ、冷たいですよぅ。ご飯を食べるまでは仲良くしましょうよぅ」

何か知らないが、この前会ったときよりも、ウザさが二割増しになってないかこいつ。もしかして懐かれたのか。夕ご飯まで限定で。

「言っておくけど、飯はおごらないからな」

「ひどーい。っていうかお兄さん、さっきから私をぞんざいに扱いすぎですよ。前会ったときは、ジュースをくれたりピラフをくれたりって、上げ膳据え膳でお姫様扱いしてくれたじゃないですか」

オレがいつそんな扱いをしたよ。お前が勝手に飲み食いしただけだろ。

ああでも、オレもうかつだった。確かにさっきから素のままで会話していた。いかんいかん。きちんと神條家の一人息子という役を思い出さなければ。

「いやいや、ごめん。オレもちょっと動揺しててさ」

「ああ、泥棒に入られたんですもんね。まったく。人様のものを盗むなんて、ひどいやつもいたもんですね」

「……そうだな」

お前だって、初めてオレと会ったとき、思いっきり棚を漁ってただろうが。

何だか変に疲れてきた。けどこいつが来たということは悪いことばかりでもない。

野花は基本とぼけたやつだ。でも妙に鋭いところもある。オレも次にどんな手を打とうかと迷っていたところだ。もしかしたらこいつなら、今の事態に何か突破口を開いてくれるかもしれない。

とりあえず野花を連れて屋敷中をぐるりと回りながら、一通り状況を説明しておいた。もちろんオレは全部を正直には言えないから、たまたま実家に帰ったら、突然家の中が荒らされていたと適当に嘘をついた。

改めて邸内を見て回ると気づくことがある。荒らされていたのは、基本的に住人が住んでいる部屋だけで、キッチンやただの空き部屋などは、きれいなままだった。金目のものがありそうな場所だけを狙っているという意味ではプロっぽい。どうにも犯人像が固まらない。

「大体状況は把握しましたよ。一夜にして家族がいなくなっているなんて、とんだミステリーですね。しかもお兄さんにとって大切なブローチが盗まれたと。ふむふむ」

金目のものがないからか、ほとんど荒らされていなかったリビングのソファに座り、野花は腕を組んでいる。

状況がいまいちわかっていないから仕方ないのかもしれないが、こいつの言動はどうにものんきすぎる。大の大人が十日以上も家に帰っていないのだ。下手をすれば命に関わるような問題が起きていたっておかしくない。

「そういえばお父さんは？　まだ海外出張なんですか？」

言われて初めて気づいた。そういえば確かに、神條拓真はどこにいるのだろう？

いや、そうだ。なぜ今まで神條拓真のことを何も考えなかったのだろう。いつの間にか頭の中で、誘拐されたのは神條咲と勇子だけだと決め付けていた。

もしかして……あいつもまた、神條咲たちと一緒に誘拐されたのか？

可能性はゼロではない。むしろ、犯人の目当てがやつだったのなら、本人だって連れ去っていておかしくない。

さっきまでは対岸の火事だった出来事が、急に目の前に迫った気がした。

「……で、どうだ？　何かわかったことはあるか？」

少し上ずってしまった声でそう尋ねると、腕を組んで考え込んでいた野花は、はっと顔を上げた。

「え？　ん、んー。そうですねー。大体事情は把握しちゃった感じですかねー」

「マ、マジか!?」まさか、たったこれだけの情報で？　こいつ……これはもう、勘がいいとかのレベルじゃないぞ。ささいな情報から推論を導き、積み重ねていく。そして想像もしえなかった結論にたどり着く。まさに推理だ。こいつ、マジで探偵になれるんじゃないのか。

「聞かせてくれるか？　いったいどんな結論にたどり着いたんだ？」

「んっふっふー。人にものを尋ねたいなら、まず用意するべきものがあるんじゃないですかね。私は野花さんに夕飯をおごりますと誓約書を書くとか」

「そんなのいくらでも書いてやる。だから早く聞かせてくれ。いったいここで何があって、この家にいたやつらはどこに行ったんだ？」

「いくらでもとかマジですか！　じゃ、じゃとりあえず、十枚ほど書いてください」

ずうずうしいことを言って、狸《たぬき》のシールが貼られた手帳を差し出してきた。「はいっ。ここに書いてくださいね。サインも忘れないでくださいよ」

こいつ、ほんと緊張感とか緊迫感とかまったく気にしてやがらないのか。

しかし怒っても始まらない。オレは大人だ。子供の悪ふざけくらい、笑って流してやれないでどうするよ。こいつの機嫌を損ねると、色々面倒だしな。

差し出された手帳を受け取り、『神條久人は柳野花にご飯をおごります』と十回書いて返した。

「うっひひひ。ご飯♪　ご飯♪」

それを確認すると野花は、満足したように大きく頷いた。

「よろしい。では、聞かせてあげましょう。一同、傾聴するよーに」

誰が一同だ。一人しかいないっつの。

野花は、わざともったいをつけたように部屋を歩き回ると、ずびしっとオレを指差して高らかに宣言した。

「荒らされていた家。消えた住人。そして最近の太陽がんばりすぎな気候。それらが物語る事実は一つです」

気候？　そんなものが関係あるのか？

「神條さんご一家は、急に思い立って海水浴に行ったのです！　でも水着がなかなか見つからなくて家中引っ掻き回してしまい、電車の時間が近づいてきたから片付けもせずに家を出たのです。どうですこの推理は。どやぁ」

……忘れていた。

こいつは、きちんと情報が出揃っていないときは、適当なことを言ってお茶を濁すやつだった。やはりこれだけじゃ何もわからないのか。少しこいつを買いかぶりすぎていたようだ。

「とりあえずさっきの返せ」「はい？」

「飯をおごるって書いた誓約書だよ」「イ、イヤですよ、返さないですよ。べ、別にこの推理が当たってる可能性だって、二パーセントくらいはあるじゃないですか！」

「お前だって、二パーセントくらいしか当たってないと思ってるんじゃねーか。ったく、どやぁじゃねよ、そんなクソ推理」「いや、でも誓約書は返しませんからね。別にお兄さんは、私の考えを聞きたいって言っただけで、正しい推理をしろだなんて一言も言ってないですからね」

「詭弁《きべん》はいらないんだよ。いいからさっさと返せ。で、お前はとっとと帰れ」「イヤです！　帰りません！　だってもう、サイトウさんには、今日は晩御飯いらないよって言っちゃいましたもん！」

「ずうずうしいわ！　第一な、オレはお前にここへ来いなんて一言も——」

ヒートアップしていたオレの耳が、かすかな音を捉えた。

「ん？　どうしたんですか、急に黙って」

玄関が、開いた？　気のせい……いや、違う。足音も、聞こえる。

「しっ！　誰か、来た」

野花は不思議そうな顔をしている。

ちっ。そうかこいつは普通に、うちに遊びに来たって感覚だから、来客が来てもビビらないのか。突然の来客。それもチャイムも鳴らさずに入ってきた。神條家の誰か？　それなら問題ないが、最悪のケースも考えられる。

犯人は現場に戻る。

足音はこちらに近づいてきている。どうする？　隠れる？　オレ一人ならそれでもいいが、今から野花に事情を説明して一緒に隠れるのは間に合うかギリギリだ。

くそっ！　仕方ないな！

オレは意を決して立ち上がった。一緒に立ち上がった野花を手で制して、居間の外へ。もちろん拳を固めていつでも振り抜けるように準備をしておく。

「ん？」足音の主は見知らぬ女だった。パンツスタイルの黒スーツに、ベリーショートな黒い髪。活動的な印象の女性だ。一見若そうだが、おそらく年齢は四十代前半くらいだろう。「誰……ですか？」

「ああ、ええと」言葉を引き伸ばしながら、相手の観察を続ける。女は両手をだらんと下げているが、かかとは少し浮いていて、いつでも飛び出せるようにしている。警戒されているのは間違いなさそうだ。目につくところに武器はないが、スーツの中に隠されていたらわからない。

「失礼ですが、そちらこそどなたですか」

「あたし？　……あたしはこういう者だけど」女はスーツの胸ポケットに手を入れ、黒い手帳を出してきた。

「……け、警察？」

間違いない。本物だ。見る人が見ればわかる。つーか、偽物を作ったオレだからわかる。マジモンのホンモノだ。

「け、警察の方が何の御用で？」

そう尋ねると、女は少し黙って警察手帳をしまった。なぜか、かすかに嘘の香りがする。尋ねられたことにすぐに返答せず、間に別の動作を挟む。典型的な時間稼ぎだ。オレたちに、何か隠したいことでもあるのだろうか。

「……いや、神條探偵に、ちょっと頼み事がさ、あったわけなの。それよりも、キミは？　いったいここで何してんの？」

「頼み事とはちょうどいい！」

ひりひりとする緊張感をぶった切り、いつの間にか野花が居間から出てきていた。

「ちょ、お前、何出てきてるんだよ、部屋でおとなしくしてろ」

「いいじゃないですか。警察の頼み事を受けるなんて、最高に面白そうですよ。ね？　ね？　お兄さんは探偵の卵なんでしょう？　ちょうどお父さんがいないんだから、代わりにお仕事受けちゃいましょうよ」

「は？　何言ってんのお前」いや、ほんとに、何言ってんのお前？

「というわけで警察の方。お話は我々、神條探偵事務所のホープ、柳野花と神條久人がお受けいたしましょう。ささ。リビングのほうへどうぞ」

野花はそのまま警察の女の手を引き、強引にリビングへと引っ張っていく。警官は突然の事態に驚いているのか、目を見開いたまま素直に手を引かれている。

何？　何だこの流れは？　確かにオレは、探偵の卵って嘘をついていたけど、何でこいつまで探偵とか嘘ついてんだよ。いくらバカみたいにテンションが高い野花だって、警察相手に探偵の真似事を始めようとするなんて、いくらなんでも不自然だ。

そこまで考えて、ようやくこのバカの考えが読めた。

こいつ、このままだとオレに追い出されそうだからって、無理やり理由をつけて居座ろうとしてやがるのか。くそっ！　こっすい考え方をしやがって。どれだけ飯をおごってもらいたいんだよ、ほんと。

とはいえすでに機会は逸した。警察の女は、もうソファに座らされている。この状態で、今さら出ていけと言うほうが不自然だ。

ちっ。まぁいいさ。少し話を聞いて、あとは父に伝えておきますとでも言えばいい。

野花は警察の女にお茶を淹れるため、ぱたぱたと部屋を出て行った。率先して動くのはとても偉いが、こいつの場合はただ単に、お茶菓子を食べたいだけだろう。

向かい合わせになれる位置にソファはないので、仕方なく女と肩を並べて座る。見知らぬ女と肩を並べて座るなんて、変な感じだ。

「キミ、探偵だったんだ」女はまっすぐオレを見てくる。多少警戒心は消えたのか、足も床にぺたりとついているし、手もひざの上。すぐに立ち上がれる体勢にはなってない。だがまだ突然の事態に動揺しているのか、つま先で何度も床をたたいている。

「えぇまぁ」何を話していいのかわからない。もう少し観察を続けないと。

ここが正念場だ。ここでもし、オレと野花が実は探偵じゃないとバレてみろ。荒らされている家。消えた住人。そしてそこで騒いでいた怪しい二人の人間。誰がどう見たって、オレたちが犯人に決まってる。そして目の前には、もれなく警察つきだ。言い訳する間もなく、任意同行で引っ張られるのがオチだ。冗談じゃない。まだ何もできていないのに、捕まってたまるか。

「で、どうです？　そちらさえよければ、お話だけでも伺って、あとで神條拓真のほうに伝えておきますが」

「いや、その必要はないわ」女は顔をこちらに向けて、まっすぐ視線を向けてきた。

オレは動揺なんてかけらも出さないように、顔に力をこめて、笑顔を作った。顔のこわばりに比例して、胃の痛みもだんだん強くなってくる。くそっ。胃薬、あとで必ず飲まないと。

「その必要ないとは？」

「あなたたちが探偵なら都合がいいわ。事件の依頼はあなたたちにしましょう。別に危ない事件でもないし、構わないわよね？ あー、よかった。若くて有望な探偵さんが二人もだなんて、今日は最高についてるわ！」

さっきまでの難しい顔が嘘のように、刑事の女は笑っている。

マジかよ。探偵ということを信じてもらえたのはよかったけど、会ったばかりのやつに事件を依頼なんてするか普通。本当に大丈夫かよ、この国の警察は。

ちょうどいいタイミングで野花も戻ってきた。お盆には何やらお菓子が山盛りに積まれたお皿と、ティーカップが二つ、瓶入りのジュースが一本載っかっている。

「はーい。お待たせしましたよー。どぞどぞ」

野花はオレの前にカップを置いた。中にはカフェオレ色をした液体が入っている。

「今日はお湯じゃないんだな」

「何のことですか？ お客様にお湯なんて飲ませるはずないじゃないですか。私はデキル妹なんですから」

どの口が言うか。

「妹？　あなたたちは兄弟なの？」

女は野花から受け取ったカップを手にしながら尋ねてきた。

「はい！　かわいく賢い妹と、かっこよくて素敵なお兄さんです！」

後半に異論はないが、賢いっていうのはどうだろう。嘘はよくない。

「ふぅん。兄弟で探偵ね」探るような目つきでこちらを見てくる。ああ、はいはい。疑わしいのは重々承知だよ。「ま、いっか。じゃ全員揃ったし本題に入ってもいい？」

「ええ、どうぞ」ふぅ。とりあえず追及はされないようだ。

飲み物を配り終えた野花がオレの隣に座った。両手に花ではあるが、まったくもって嬉しくはない。今のオレには、両手に胃薬のほうがよほどありがたい。

「別に大した事件ではないのよ。でもわけがわからないし、警察には手の出しようもない事件なの」

「はぁ。具体的にはどんな事件なんですか？　まさか、殺人とか言わないですよね」

「まさか。殺人事件なら、最新の科学技術を使って、予算も人員もぶっこみまくって、確実に解決するわよ。警察にだって、メンツってものがあるんだから」

「では、どんな事件なんですか？　猫探しとか、簡単なのなら大歓迎ですけど」

「そんなのに、神條探偵を担ぎ出さないわよ。誘拐よ。私が依頼したい事件は」

誘拐ね。それは実に探偵向きの事件――。

「いやいやいや。誘拐事件なんてもの、探偵に依頼するなよ。人質の命とか、責任取れないぞ、そんなの」

「ああ、そこはたぶん大丈夫よ。誘拐っていうかたぶんイタズラだから」

イタズラね。本当にそうなら楽なんだが。

「さっきね、電話があったのよ。『神條一家を誘拐した。そう神條拓真の助手に伝えろって』」

誘拐。想像はしていたことだけど、改めて聞かされるとその言葉は重く響いた。

動揺はするなよ。それよりまず、聞くべきことがあるだろ。

「助手に、ですか？　わざわざそんなことを犯人は言ったんですか？」

「そ。神條探偵自身は誘拐しちゃったから、助手に連絡を取ろうとしたのかしらね」

「警察に、誘拐犯が電話かけてきたんですか。それはまぁなんとも、セオリー無視な犯人ですね」ただの窃盗じゃなくてやはり誘拐だったのか。そのついでに、家も荒らして、母さんのブローチを盗んでいったと。ちっ。面倒なことをしやがって。しかも神條拓真が誘拐されていることもほぼ確定か……くそっ。

「神條拓真って言えば、その道ではかなり有名な探偵でしょ？　まさかあの優秀な人が誘拐されるなんてありえない。だからイタズラだとは思うんだけど、電話をかけても誰も出なかったから、一応こうして見に来たってわけ。で、どう？　もしかして本当に誘拐されてたりする？」

ここは、ごまかす方向か。神條一家が本当に誘拐されてたってなったら、警察が捜査に乗り出してくる。そうなれば当然、オレの素性なんかも探られてしまうだろう。それは面倒だ。

「いいえ、みなさん今はちょっと出かけているだけですよ。誘拐なんかじゃないです」

冷や汗がだらだらと背中を伝っているのを感じる。じゃあちょっと部屋を見せてよとか、じゃあ勇子の学校に確認してみるとか言われたら即アウトだ。

「ふぅん」警官は探るような目でオレを見てくる。オレは極力表情を動かさないよう腐心する。

「そ♪　よかったぁ、余計な仕事が増えなくて。あ、一応依頼は継続させてね。こんなイタズラを仕掛けてきた悪い人にはお説教しなきゃいけないから。依頼料はいつものところに振り込んでおくから」

何とか助かったか。あまりやる気がない警官で助かった。

「では、依頼はお引き受けしますので。今日のところはそろそろ」

「そう、快く引き受けてくれてありがとう」女は手を差し出してきた。

オレも手を伸ばし、握手をする。

「違うわよ。握手じゃなくて連絡先。依頼をしたんだから、連絡先を交換しないと」

…………は？

「れ、れ、連絡先。は、ははは。そりゃそうですよね。これは仕事なんですからね」

「ええ。とりあえずケータイの番号を教えてもらえるかしら」

電話番号！　どうする⁉ とりあえず嘘を教えるか……いやでも万が一、その嘘がバレたらどうする？　この場で確認とかされたら、一発で終わりだ。

オレは観念して、警官と番号を交換した。画面に、警官の名前が表示される。水谷《みずたに》奈々瀬《ななせ》。ついでに誕生日も表示されていた。本気でどうでもいい。

「はい！　書きました！」

野花はケータイを持っていないそうなので、手帳に書いた連絡先を渡している。

「はいはい、どうもね、柳野花ちゃん」「はーい。よろしくでーす」

母の形見を取り返しに来ただけなのに、何が悲しくて、探偵の真似事なんてする羽目になってるんだ？　もう今さら、断ることも逃げることもできない。こちとら、蝶のブローチを盗んだ犯人から、何とかして盗み返す方法を考えるだけで精一杯だってのによ。捕まえるとか、ちょいと荷が重すぎるぜ、ほんと。

この先降りかかるであろう面倒を思い、一人ブルーになっていたオレをよそに、野花と楽しげに会話していた水谷は「じゃ探偵くんたち、お任せしたよ」と言って帰っていった。家が荒らされていたことに気づかれずに済んだのはよかったのだが、さすがにこんな展開になるとは想像していなかった。

こんなことなら、今日ここに来るんじゃなかった。もう三時を回っているのに、いまだに昼飯すら食えていない。さすがに腹が減った。これからどうすればいいかを考えるためにも、体調は万全に整えておかなければならない。本当なら中華街でも回る予定だったが、こうなっては仕方ない。

適当にコンビニのおにぎりで腹ごしらえを済ませていると、野花が尋ねてきた。

「よかったんですか、あんな依頼を引き受けちゃって。お父さんは行方不明なわけですよね？　というか絶賛誘拐中なわけですよね？　結構ピンチなんじゃないですか？」

「………引き受けにゃいかん流れを作ったのはお前だろうが。別にいいけどさ。依頼を引き受けたからって、別に完遂しなきゃいけない義理もないだろ。本当にイタズラかもしれんし。とりあえず簡単に解決できそうなら解決すればいいし、無理そうなら素直に無理だと言って、水谷にはあきらめてもらえばいい」

「あきらめること前提なんて、お兄さんも相当いい性格してますね」

お前には負けるけどな。

「じゃあとりあえずどうしましょうね？　誘拐って言っても、手がかりがないと探しようがないですよね？」

「確かにな」

しかしこれが本当に誘拐なら、おそらくそう待つこともないはずだ。手がかりなんて、放っておいても向こうからやって来る。イタズラにしろ何にしろ、こちらに要求の電話をしなければ、何も進まないのだから。

もしもイタズラではなく、本当にあいつの身に危険が迫っているのなら、さすがにオレたち素人だけでどうにかしようとするのはまずい。オレは別に、あの男が怪我しようがどうなろうが気にはしないが、野花は父親が傷つけば悲しむだろう。なぜ最初から警察に頼らなかったのかといろいろ疑われるかもしれないが、まぁ仕方あるまい。

野花と雑談などしながら過ごすこと一時間。当初の目的などすっかり忘れて学校の話をする野花。適当に話を聞き流しながらこいつは本当に空気など読む気はないのだなぁと思っていると、廊下の電話が鳴り出した。

「お、来たか」「あー、来ましたねー」

さっきまでリレーでごぼう抜きしたときの話を延々どや顔で語っていた顔が、にやぁりと歪んだ。何も説明していなかったが、こいつもちゃんとオレの意図は読んでいたらしい。

録音ボタンとマイクボタンを押して準備は完了。おほんおほんと咳払いをして、オレは受話器を手に取った。

「神條探偵事務所の者か」

ボイスチェンジャーも使っていない生の声だった。そこそこに年のいってる男の声。ためらいなく嘘をつく。相手が犯罪者となればこちらも油断するわけにはいかない。

「ああ、そうだが」

「やっと電話に出たか。家に帰ってびっくりしただろう？　仲間がいなくなっていて」

どうやら誘拐犯本人で間違いないようだ。誘拐って犯罪の性質上、必ずこちらに連絡を取ってくるのはわかっている。金の受け渡しでもあれば直接会う必要もある。基本的に発覚すること前提の犯罪だ。そう考えると誘拐なんて、本当に割に合わない。

「お前の目的はなんだ。神條拓真たちを誘拐していったい何をする気だ」

「ふふ。まぁまぁ、まずはこっちの話を聞け」

声も変えてない。逆探知されているかもしれないのに、ゆっくり話している。素人かこいつは。なら好都合。引き出せるだけの情報を引き出して、さっさと蝶のブローチを盗み出して、ついでに神條拓真たちも助け出してやる。

「お兄さん、何かすごく悪そうな顔をしてますよ。どちらかと言うと、誘拐犯よりもお兄さんのほうが悪そうです」

目だけで野花に『余計なお世話だ』と伝える。

空気は読めないけどオレの意図は読んでくれたのか、野花はお口にチャックでにっこり笑った。言うこと聞いてくれるのは嬉しいが、緊張感も持とうぜ。

「とりあえず金だ。七千万。お前のとこの事務所ならすぐに用意できるだろう？」

「さ、さすがにそんな大金をすぐに準備するのは無理だ。時間がかかる」

「そんなこと知るか」

「無理だと言っているんだ。お前は知らないかもしれないが、一定額を超える金を銀行から引き出すには、それなりの手続きが必要なんだ。今からじゃ、どんなに早くても明日になる」

「……………ふん。じゃあ仕方ない。明日だ。明日の朝までに準備しろ」

これまたずいぶんあっさり騙されてくれた。ひとまず明日までは時間を稼げた。金なんて別に、引き出そうと思えばいくらでも手段はあるのにな。

さて、じゃあ居場所を探るためにいろいろぶつけていくか。

「身代金の受け渡しはどうすればいい？　こっちから出向いて届ければいいか？」

「話を勝手に進めるな！　こっちにも順番ってものがあるんだよ！　ったく、出向くとか言ってもお前、オレが誰だかもわかってないだろ。そんな状態で居場所なんてわかるのか？」

「ああ、わからないな。さすがのオレでも」

「ふふふ。天下の神條探偵事務所のやつでも、さすがにこれだけの情報でオレの居場所まではわからないいか」

わからないがいくつかわかったこともある。こいつは金持ちなら誰でもいいってわけじゃなく、神條拓真が探偵だとわかっていて誘拐したようだ。何か個人的な恨みでもあるのだろうか。

考えをまとめながら、次の質問をぶつけていく。

「何で、警察に先に連絡したんだ？　誘拐なんて、警察を呼ばれたらアウトだろう」

「何度電話をかけても誰も出ないんだから仕方ないだろう。警察なら、神條探偵事務所の誰かに連絡を取ることができるだろうからな」

わざわざ警察をメッセンジャーにしたってことか。警察に介入されても大丈夫というその自信。根拠はいったいなんなのだろうか。

「さて、では金の受け渡しだがな。方法はもう考えてある。聞いて驚くなよ」

身代金受け渡しの方法か。誘拐という犯罪の、最大の肝だな。

「ふふ。誘拐で犯人が捕まるほとんどの場合は、身代金受け渡しのときだそうだな。どれだけ綿密な計画を立てても、金に発信機を仕込まれれば、居場所がばれちまう。警察の科学力をなめちゃいけないよな」

そう思うのなら、そろそろ電話を切ったほうがいいと思う。ここに逆探知できる機材があれば、もうそろそろ探知できるぞ、たぶん。

「そこでオレは考えたんだよ。金を受け渡すときに細工をされるのなら、そもそも金を受け取らなければいいってな」

意味がわからない。

「金は、全て銀行に振り込め。口座番号は後で知らせる」

「え？　うわぁ、頭のいい犯人ですねぇ。確かにそうすれば、受け渡しは絶対安全じゃないですか」

電話のスピーカーで会話を聞いていた野花が感嘆の声をあげた。冗談ではなく、心底感心しているように見える。

オレも驚いた。聞いて驚くなよと言われたが、さすがに驚いた。銀行振り込みって、そんなことしたら警察と銀行が協力して、対象の口座を監視するに決まってるだろう。どこから金を下ろしたのかとか一発でバレるし、監視カメラもあるんだから顔だってバレる。それでうまくいくんなら、全国の誘拐犯さんたちもそうしてる。

ま、アホな犯罪者の心配などしないけど。

これほど間抜けな相手なら、いくらでもやりようはありそうだ。さて、じゃあそろそろさらった人質と会話でもさせてもらおうか。うまく犯人にバレないように居場所を探るのは大変だが、なんとかなるだろう。むかつくが、神條拓真なら犯人にばれないようにこちらに居場所を伝えるくらいはできるだろう。

「金の受け渡し方法はわかった。それよりそこに神條拓真がいるんだろう？　声を聞かせてくれないか？」

「ん？　ああ、無理だ」

いや、無理って。「無事を確認もできないのに、金なんて用意できないぞ」

「声を聞かせたいのは山々なんだが、やつはまだ目を覚ましていないんでね」

犯人は電話の向こうで耳障りな笑い声を上げている。オレはじんわりと汗をかき始めた手をズボンで拭った。

「………どういう意味だ？」

「なんだ、まだ見つけていないのか。神條拓真の書斎。机の脇の書類の下。電話が終わったら行ってみろよ――っと、悪いがいったん切らせてもらう。次の電話は明日の午後一だ。それまでに金を用意しておけよ」

「お、おいっ！」本当に切られた。ツーツーという無常な音が、淡々と鳴り響く。

これは、やってしまった……。完全に相手の力量を見誤ってた。

逆探知の時間？　そんなものまで把握しながら会話をしていたなんて、まったく感じなかった。油断するつもりはなかったのに、素人っぽい対応のせいで油断させられた。くそっ！

いや、自分をののしるなんて暇なことは後回しだ。それよりもやつは気になることを言っていた。書斎の机の脇。そこにいったい何がある？

神條拓真の部屋へと駆け出す。扉を開けるとパイプの香り。部屋の中は相変わらず、書類があちこちに散らばったままだ。特に問題の机の周りは、書類がいくつも山になっていてろくに床も見えない。

後ろについてきていた野花と頷き合うと、お互い別々の山へと向かった。

山を作っている書類はどれも、昔の捜査資料ばかりだ。ちょっと読んでみたい誘惑にかられたが、今はそれどころじゃない。書類を掘り出しては邪魔にならないところにどける作業をひたすら続けていく。

犯人はわざわざファイルから書類を出して中身を確認したのか、ほとんどの書類がファイルから出され床に撒き散らされているせいで、とにかく紙束の撤去作業に時間がかかる。遅々として進まない作業に、少しずつイライラが募っていく。

「お、お、お兄さん！　こ、これ！」

野花の顔が珍しく真っ青になっているのを見て、嫌な予感が急速に高まった。そばに寄って床を見る。

そこには、決して少なくない量の血痕が飛び散っていた。

ねっとりと赤黒い。映画などで見る鮮やかな赤ではなく、まるでコーヒーの出がらしのような独特の色が、数百万はするであろうペルシャじゅうたんを染めている。

血で汚れてしまった資料もあるようだ。紙に染み込んでいると、よりその独特の色が強調されて気分が悪くなってくる。

ダメだ。目は情報を収集してくれるが、頭のほうが回らない。え？　だってこれはただのイタズラじゃなかったのか？　心臓がバクバクとうるさい。

「お、お兄さん？　大丈夫ですか？　顔色、悪いですよ？」

いつの間にか野花が顔を覗き込んでいた。オレは慌てて笑顔を作って、わき出してきた感情を覆い隠す。

「別に顔色なんて悪くないだろ。さてと、じゃあどうするかなー………」

血痕はとっくに乾いているようだ。パイプの香りでごまかされて、臭いもわからなかったのだろう。あるいは書類がふたになっていたのか。何にせよ今は、書類がどかされて独特の鉄くさい血の香りが漂ってくる。

どうする？　これはもうイタズラなんかじゃない。確実に事件だ。

しかも犯人の居場所なんてちっともわからないのに、金を用意するタイムリミットだけは切られた。銀行振込じゃ、偽札を準備するっていう手も使えない。くそっ！

そういうことも読んでの銀行振込って手段なのか⁉

落ち着け。別に犯人の居場所がわからなくても、困らないだろ？　誘拐された神條一家が殺される？　だからどうした。オレとはもう、何の関係もない人間じゃないか。死のうがどうなろうが、オレには関係ない。関係ない。

「お兄さん、マジで汗がやばいですよ？　本当に大丈夫ですか？」

「大丈夫だ。別に何も問題ない」

一応、心配してくれているのだろうか。別に大丈夫だってのに。

「そですか？　じゃあ早く行きましょうよぅ」

心配してくれているのかと思ったら、今度は急に表情がくるっと変わって余裕たっぷりに笑っている。確かに大丈夫だとは言ったが、こうもあっさり態度を変えられると、少しむっとしてしまう。

「行く？　行くってどこにだよ」

「えっ？　そりゃあ犯人のところですけど……え？　まさかこの流れで、犯人の方にご面会しないんですか？」

「…………は？」

「…………え？」

オレたちはしばしアホみたいな顔で向き合った。どうにもうまく言葉が出てこなくて、何度も口を開いては閉じる。

落ち着け。まずは息を吸う。少しでいいから落ち着こう。

二度三度と息を吸うと多少はマシになった。「おっけー大丈夫。オレはもう落ち着いた」野花の肩をつかむ。「犯人がわかったのか。まさかとは思うが冗談じゃないよな？」

「う、うへへ。お兄さん、マジ笑顔すぎて怖いですよぅ」

「まさかとは思うが」がくがくと野花の肩を揺する。「冗談じゃ」これ以上なくにっこりと笑う。「ないんだよな？」

野花はおとなしく揺すられている。首が前後にかっくんかっくんなってて気持ち悪い。これでマジ冗談だったら、こいつには説教が必要だ。

「そんなに心配しなくても大丈夫ですよ」

野花を肩に置かれたオレの手に自分の手を重ねると、うへっと笑った。

「というかお兄さん、本当に今の電話で何もわからなかったんですか？」

ここまで言うってことは、こいつ本当にわかったのか？ あれだけの会話で？ だって大したことは言ってなかったぞ。オレだってそこまで頭の回転が悪いほうだとは思わないが、まったくわからない。糸口さえもつかめない。

「……教える気はあるか？」

「え、はい。わからないならもちろん教えますよ。さすがに今回は、事が事だけに、ご飯をおごらなきゃ教えませんなんていう、かわいいお願いはしません」

それは助かる。そんな不謹慎な冗談を言ったら、さすがに怒るところだった。

「別に大した話じゃないんですけどね。誘拐されたのってこの家のお母さんと娘さんですよね、高校生の。あと、お父さん」

「ああ、そうだな」

「普通、大人なんて誘拐しませんよね。だって顔とか覚えられたら面倒だし、子供よりも頭がいいから、きちんと見張ってないと逃げられる可能性も高いし、下手すれば反撃されるかもしれないし。私が誘拐犯だったら、大人なんて狙わないなぁ」

確かにそのとおりだ。だからオレは、犯人は神條拓真に恨みのある人間なのだろうと考えた。実際、神條拓真が襲われた痕跡らしきものは見つけてしまったわけだし。

いやでも、ただ恨みがあるだけなら誘拐なんてまどろっこしいことをする必要があるか？　恨んでいるならそのまま殺せばいいだけの話だ。金が欲しいなら、神條拓真を直接脅せばいい。わざわざ誘拐したってことは、何か目的があるってことなのか？

「大人を誘拐するのは非効率。それなのにわざわざ大人を誘拐したということは、そこには理由があるわけですよね。しかも三人も。三人も誘拐するなんて、手間が三倍で実に無駄です」

そこは確かにそうだ。三人も誘拐するなんて、効率悪すぎる。

「……となると三人誘拐することには別の目的があると考えるべきだと思うのです。たとえばですけど、お父さんに個人的な恨みがある場合とかですよね。家族をさらって目の前で拷問とか、ダメージでかいですもんね」

想像してすごく嫌な気分になったオレは、我慢できずに話に割り込んだ。

「それはようするに、犯人と神條拓真が知り合いってことを言いたいのか？ いくらなんでもそれがわかっただけで、犯人の正体までは絞れないぞ。神條拓真を恨んでいる人間なんて、それこそ星の数ほどいるだろうからな」

人の秘密を暴いて金をもらう探偵という職業。心当たりなんていくらでもあることだろう。それこそここに散らばっている書類の数だけ恨まれていてもおかしくない。

野花はオレの発言を聞いて、なんとも微妙な顔をしている。

「…………恨んでいる人間が星の数ほどいる人って、現実に存在してるんですねぇ。しかもそれを身内に言われちゃうって、結構がっかりですねぇ」

確かにな。でも事実だろう。

「ま、まぁいいのです。犯人は神條拓真と面識がある可能性が高い。しかも探偵と知り合いということは、過去に取り扱った事件と何らかの関わりがある可能性が高いのです。つまり、神條拓真の捜査資料を調べれば――」

「無理だ。軽く二十年分くらいはあったぞ、捜査資料。お前が全部調べてくれるってのなら止めないが、明日までに全部目を通すなんて不可能だ。しかもその中からあの電話の犯人を見つけるなんて、無茶にもほどがある。手がかりもないんだからな」

「お兄さんはせっかちですねぇ。いいから話を最後まで聞いてくださいよ。私だって早く終わらせて、おいしいご飯をおごってもらいたいんですから」

わざとらしく咳払い。人差し指立てて腰に手を当て、やたらと偉そうな態度で野花は話を続けた。っつかドヤるなし。「どうです？　探偵っぽいですか？」知るか。

「お兄さんはそもそも疑問に思わなかったんですかね」

「何がだよ。野花とかいう女は、人がこんなにもイライラしているのに、どうして空気が読めないんだろうなぁとかは、確かに疑問に思ってるけど」

「もう、ごめんなさいってば。ちょっと調子に乗ってました。金額ですよ、金額。身代金の金額、おかしいと思いませんでしたか？」

金額？　確か七千万だったか？

「中途半端ですよね、すごく。五千万とか、ぱーっと一億とかならわかるんですけど、なぜ七千万？　もし私が誘拐犯ならそんな半端な額は請求しませんね。特に理由がない限りは」

理由？　わざわざそんな中途半端な額を請求する理由？　ダメだ。ここまでヒントを出されてもちっともわからない。

「………なんで七千万なんだ？」

「さぁ？」

おい。

「いやいやいや、そんな怖ぁい顔しないでくださいよ。正確な理由はわかりませんけど、たぶん犯人にとって意味のある数字なんだろうなーってことはわかりますよ。捜査資料を漁るときのヒントになるんじゃないかなーって。さすがに正確な理由は、犯人じゃないとわからないですよぅ…………あ！　一応言っておきますけど、私は犯人じゃないですからね！　う、疑うなら私が犯人だっていう証拠を出してくださいよっ！」

「お前が犯人じゃないなんてわかってる。そのいかにも犯人っぽいセリフはやめろ」

「いや、疑ってないならいいんですけどね、別に。えへへへへ」

本人は気楽そうに笑っているが、こいつがこんなに疑われることに敏感なのには理由があるのだろう。普段から疑われることの多い人間は、人から疑われることに敏感になるものだ。それがこいつの自業自得なのか、それとも境遇のせいなのかはわからないが、どちらにしろ何だか物悲しくなってくる。

さすがの野花でもあれだけの情報では犯人の糸口しかつかめなかったみたいだが、おかげで野花と議論している間に、オレの頭も少しは落ち着いた。心臓に手を当ててみても、今は平常運転なことが伝わってくる。

野花の言うとおり七千万という金額は非常に怪しい。持ち運びが便利だからという線も考えたが、銀行振込を要求している時点でありえない。やはり野花の言うとおり、何か因縁のある数字なのだろう。

そしておそらく犯人は、神條拓真が過去に関わった事件の関係者である可能性が高い。書類の山を探し回れば、どこかに証拠があるかもしれない。

いや、オレが犯人の立場になったとして、そんな重要な証拠をここに残していくか？　そもそも部屋を荒らしたのは何のためなのかと考えると、やはり犯人が自分の証拠を盗み出すためと考えるのが自然だろう。いくら七千万というヒントがあったとしても、現物を盗まれているのでは探しようがない。

と、そこまで考えて少しおかしなことに気づいた。

何で犯人は七千万なんてキーワードを残していったのだろう。その言葉が過去のどんな事件に関わっているのかは知らないが、もしもあの電話を取った神條探偵事務所の助手がその過去の事件を知っていたら、七千万というキーワード一発で犯人のめぼしをつけてしまえるだろう。オレや野花がたまたまその事件を知らなかったからよかったものの、もし知っていたら犯人はどうするつもりだったのだろう。

いや、もしかして犯人はむしろ——。

オレは血痕が飛び散っていたあたりの床を調べた。血を見るだけで気分が悪くなってくるが、なんとかこらえて付近の書類を一つ一つ見ていく。

その中に一枚だけ、血痕で汚れた資料を見つけた。

それは十五年も前の事件だった。ざっとトピックだけを拾い読みしていくと、誘拐事件の捜査資料であることがわかった。身代金はちょうど七千万。まさに探していた事件そのものだ。

「ほら、見つけたぞ」

机の上に、見つけた資料を置く。野花は驚いた顔でオレを見上げた。

「え？ なんでそんなあっさり見つかるんです？ も、もしかして、お兄さんは犯人の一味だったのですか！」

「はいはい、面白くない冗談はやめとけ。お前が気づいたとおり、犯人はわざわざ七千万というわかりやすいキーワードを残してくれたわけだろ。まさか身代金の金額を適当に決めたはずもないし」

「なるほど。つまり？」

「犯人は自分の正体に気づいて欲しかったんだろ、むしろ。で、もし犯人が気づいて欲しがってるなら、その事件の捜査資料をわかりやすいところに置くかなと思ったんだよ。案の定、犯人が見ろって言った机の脇に、血で汚れた資料が落ちてましたと。他の資料は血で汚れてないんだから、これはつまりわざわざ犯人が目立つように血痕をつけたってことだろ」

しかしこの床の血痕の色、どこかで見た記憶がある。オレが使う泥棒道具の中には血のりもあるけど、それとも違う。動物の血という印象も受けない。何だろう、この引っかかる感じは。

「おおー、すごーい。まぁ御託はどうでもいいですから、早く資料を見ましょうよ」

野花の声で現実に戻された。確かにそのとおりだが、その言いようはむかつくな。

文句はいろいろあったが、とりあえず資料を読み進めていく。

その誘拐事件が発生したのは十五年前の夏だったそうだ。誘拐されたのは当時五歳の男の子。神條拓真の一人息子だったらしい。

「って、え？　ここ、被害者の男の子の名前、神條久人って書いてありますよ？　これってお兄さんのことですか？」

野花にそう尋ねられてもすぐに答えられなかった。十五年前というと、確かにオレがこの家にいたころだ。だが誘拐？　そんなことをされた記憶はない。

正直にそう告げると野花は「ふむ。とすると、まったく関係ないどこかの神條久人くんのお話なんですかね」と、どこか納得いかないような顔をした。

そんな偶然はありえないとは思うが、いかんせん記憶にない。昔のことだから記憶が薄れているのか。あるいは捜査資料自体が偽物という可能性も考えるべきか？　いや、偽造したものにしては紙質がかなり古い。偽物と考えるのは、少し難しそうだ。

誘拐事件のお約束どおり警察には連絡するなと言われた父親、神條拓真は、警察には頼らず自分で捜査することにしたらしい。気になる身代金だが、これはどうやら犯人の要求額は当初二億だったが、神條拓真が用意できる現金が七千万だけだったため、なんとか交渉して減額してもらったらしい。なるほど。そういう経緯があって、こんな中途半端な金額になったのか。

事件の流れは今回とよく似ている。金はその日のうちに銀行振込しろと指定してきたらしい。実際に金を振り込むと人質はあっさり解放され、事件は終結と書かれている。わずか一日のすばやい犯罪だ。兵も犯罪者も拙速を尊ぶ。さっさとケリをつければ証拠の数も減る。電話の相手はかなり手馴れている感じだったが、経験者だったわけか。

その後、被害者の少年の証言を元に、犯人――佐々《ささ》山堅二《やまけんじ》が逮捕されたらしい。

「お兄さんの証言が決め手になったみたいですよ？　何を言ったんですか？」

「覚えてない」

「えー？　何で覚えてないんですか」

何でと言われても困る。誘拐なんて大事件の記憶、なんで覚えていないんだ？　ひどい目に遭わされたから、知らず知らずのうちに記憶を失ってるとか？

これで資料は終わりだ。犯人である佐々山を捕まえた以降のことは書かれていない。だが十五年も前も事件だから、今はもう佐々山もとっくに出所していることだろう。

「あれ、これじゃ居場所まではわからなくないですか？　どうしましょうお兄さん」

「ここまでわかれば十分だ。あとは水谷に調べてもらえばいい。警察っていうのは、再犯防止のため、出所後の犯人の所在を知っているはずだからな」

何とか次の方針が決まり安堵した。ブローチを取り返し、神條家の人たちもついでに救出する。大丈夫、できるはずだ。

ようやく気分が落ち着いたオレは、ゆうに一か月分くらいはある大きな大きなため息をついた。

とりあえず水谷には連絡しておいた。調査には多少時間はかかるが、明日の朝までにはわかるとのことだ。十五年前の誘拐犯――佐々山の居場所がわからないことには次の手を打ちようがない。一刻を争う事態なのだろうが、いい加減オレも限界だった。何せ今日は朝から、大学にも真面目に出て、誘拐事件には巻き込まれ、なぜかその謎解きをすることになってと心の休まるときがない。

家へ帰るため駅まで出ると、外はもうだいぶ夜が近づいてきていた。スーツの人たちがせわしなく家を目指して歩いている。駅前では、会社帰りの集団を捕まえるために、カラオケや飲み屋のキャッチがしきりに声をあげている。

「ほら、野花、行くぞ。約束どおり飯、おごってやるから」

「え？　うわぁい、ようやっとご飯だぁ！　いやーもう、お兄さんがいつご飯の話をしてくれるかと、ずっと待ってましたよ！」

「……あっそ。お前、食べたいものはグラタンでいいんだよな」

「ちょ、えぇ？　何でわかったんですか私の好物！」

「知るかよ、勘だ、勘」勘ってか、カンニングだな。正確には。

別に家で待っている人がいるわけでもないが、あまり遅くなると朝起きる気力がなくなるので、そろそろ家に帰りたい。さっさとおごって、さっさとこいつを帰そう。

目的地を決めて歩き出すと、すかさず野花が隣に並んでくる。うえっへっへとか怪しい笑いを浮かべている。こいつはほんと、いつでも楽しそうでいいな。

だがその笑顔も、オレがコンビニに入ると急速に冷えて固まった。

「ちょっと」店内に入ろうとすると、袖をつかまれた。「ちょっとお兄さん」

「なんだよ。袖が伸びるからやめろよ」オレはオレで、気にせずどんどん歩いていく。

「いやいや。コンビニって！　嫌いじゃないですけど、それはどうでしょう！」

「どうでしょうと言われてもな」冷凍食品の棚から、グラタンを取り出して野花に渡す。「ほら、これやるから、さっさと帰りな」

「いやいやいやいやいやいやいや。え？　人類史上いまだかつて、こんなにも冷たいおごりがあったでしょうか。冷凍食品だけに！」

「うるさいな。ちゃんとグラタンだろ、何が問題あるんだよ。言っとくけど、これかなりウマイぞ。味はオレが保証する」

何せ母さんが死んでからは、もっぱら毎食冷凍食品だ。冷凍食品の味の違いにはうるさい。冷食マイスターと呼んでもらっても構わないくらいだ。

「味の問題じゃないですよ！　気持ちの問題です！　冷食とかありえません！」

「意味がわからないなぁ。オレも晩御飯にこのグラタン買ってくつもりだぞ？　オレだけいいもの食うわけでもないんだから、対等だろ？」

野花は顔を引きつらせると、なんとも切なそうな顔をした。

「うわ、バカ………っていうかお兄さん、意地悪してるんじゃなくて、マジで言ってます？」

「マジだよ。当然だろ。お前をからかって遊ぶほどの体力はもうねぇよ」

「ふぅ……もういいですよ、はいはい。お兄さんもこのグラタンを買うんですよね？じゃあ一緒に食べましょうね。いいですね？」

「なんだよその諭すような口調は。イヤだよ、一緒になんて食べないぞ。オレは疲れたって言ってるだろ。お前に付き合うのはもうコリゴリなんだ」

「はいはい、照れ隠しはいいですからね。どこで食べるんですか？ 家ですか？ じゃあ、ついでにコンビニスイーツも買ってくださいよね。私はロールケーキに目がないですからね」

「買わないぞ。もう金がない。Suica の残高、帰りの電車賃ギリギリだから」

「えー。お金、下ろしてくださいよぅ。クレジットカードでも可」

「可じゃねぇよ。オレは、カードはできるだけ持たない派なの。落としたときに、勝手に使われたらイヤだから」

「うわぁ。人間を信じられない人って寂しいですよねー。拾った財布から現金を抜く人はいても、カードまで使いまくる人はそうはいませんよぅ。まぁいいです。じゃあとりあえず、お兄さんの家に連れてってくださいよ。今さらうちに帰って、もそもそ一人でご飯を食べるなんてごめんですから」

「はぁ？　何でお前を家に呼ばないといけないんだよ」

「いいですか、考えてみてください。私は今日サイトウさんに、友達のところ遊びに行くと言って出てきました。それなのにもし、冷食のグラタン一つを持ってしょぼんとした顔で帰ったら、サイトウさんはどう思います？」

「お前がしょぼんとした顔で帰らなければサイトウさんも安心だろ。やったぜ、グラタンゲット！　とか言っとけ」

「嫌ですよ。そんなかわいそうな演技、遠慮します」

こいつ本気でうちに来る気なのか。家に人がいるわけでもないから、別に呼んだって構いはしないのだが、一応、半分血はつながっているとはいえ、こいつは女。オレは、絶対に間違いを起こしたりはしないと自分に自信が持てるが、世間様はそう見てはくれないだろう。

「どちらにしろ、帰れって言われても無理ですからね！　何せ私、帰りの電車賃持ってないですから！　お兄さん家に泊めてもらえなければ、こんな夜にとぼとぼ歩きで帰ることになりますからね！」

　こいつ、歩きで帰る気かよ。さっき渡した一万円を使えっての。

　だが、野花の気持ちも理解できる。高校生がせっかく手に入れた一万円という大金。電車賃なんかで無駄に使いたくはないのだろう。養護施設暮らしではお小遣いなんてもらっていないだろうし、自由に使えるお金は、本当に貴重なのだろう。

　そういう気持ちがわかってしまうだけに、無碍《むげ》に断ってしまうことはどうしてもできなかった。

「ちっ。わかったよ。一応言っておくけど、静かにしろよ。うちで変な生き物を飼ってるってうわさになったら困るからな」

「うふふ。私みたいな素敵な女の子と同棲《どうせい》してるってうわさになったら、ご近所さんの視線がアイタタタですもんね」

　ちょっと同情するとこれだよ。あーほんと。こいつは、マジで、ウザいやつだなぁ。

　はしゃぐ野花の相手に疲れ果てながらも、どうにかこうにかオレは自宅まで戻ってこられた。

「ぐへー。いったい何ですか、この広い家は」

マヌケ面の野花は、ソファに座りうちの居間を見回している。初めて来た家だというのに、両脇にクッションを置き、足を組み、目いっぱいにリラックスしている。

グラタンを電子レンジに放り込み、その間にスプーンを準備する。他に何か食べるものはないかと冷蔵庫を開けてみたが、見事に何も入っていない。かろうじて、トーストに塗るバターがあるくらいだ。

「……トーストでも、ないよりはあったほうがいいか」

冷凍庫で凍らせてある食パンをトースターに入れる。オレ一人ならグラタンだけで十分なんだが、あいつは出せば出しただけ食べるだろうからな。腹が減ったと騒がれてもたまらんから、少しでも食べ物を出しておかないと。

トーストにグラタン、そしてコーヒーをお盆に載せてリビングに戻ると、野花が母の仏壇の前で手を合わせていた。

「何だよ。ちゃんと普通の人っぽいこともできるんじゃないか」

「ずいぶんな物言いですねぇ。こう見えても私、常識人なんですよ？」

「あぁ、はいはい。じょーしきじん、じょーしきじん」

「まぁそれに関しては後々議論するとして、この方はお兄さんのお母さんですか？」

「……あぁ。まぁな」

食べ物一式をテーブルに置くと、野花はすかさず椅子に座ってスプーンを手にする。

「きれいな人ですね。私ほどではありませんが」

「ああ、そうだな。きれいだし頭もマトモだった。どこかの誰かと違ってな」

オレの嫌味など、どこ吹く風の馬耳東風でグラタンを食べながら野花は言う。

「お兄さんのお母さんって、どんな人だったんですか？」

「お前、そんなこと聞きたいのか？　別に面白いことなんて何もないぞ」

「いいじゃないですかー、聞かせてくださいよぅ。お兄さんのお母さんのこととか、お父さんのこととか、聞かせてくださいよぅ」

……なるほど、本当に聞きたいのは神條拓真の話か。こいつは、自分の親のことは何も知らないんだもんな。

「母さんは別に普通の人だよ。どこにでもいるような普通の人。性格はちょっともろいところがあったけど、頭のいい人だったよ。で、父は…………野花も知ってのとおり探偵だ。腕はたぶんよかったんだろう。わざわざ警察が依頼に来るくらいだから」

「ふーん」野花は気のない振りをしてコーヒーを飲んでいる。でもこっちの話を気にしているのはバレバレだ。さっきまで景気よくグラタンに突き刺していたスプーンを止めて、神経をこちらに集中させている。

自分の父親のことが気になるなら、遠まわしなことをせず普通に聞けばいいのにと思う。自分を捨てた相手のことで素直になるなんて、難しいとは思うけど。

こいつもいろいろ大変なんだろう。こうして親のことが気になったり、あるいは殺したくなるほどに憎んだり。自分の感情をどう扱えばいいのか、まだ混乱しているといったところか。

だがいずれにしろ、今リラックスしているのは間違いないだろう。食べ物を出されたときも特に緊張する様子は見せなかったし、全身の力も抜けている。

オレもオレで、もうすっかり物腰の柔らかいお兄さんの演技なんてやめて、素で話してしまっている。こいつ相手に無用な警戒ばかりしていても体力を使うだけだと、いい加減学んだのだ。

できれば父の話なんてしたくなかったからさらりと流して終わりにしたかったが、野花はまだ聞きたそうにそわそわしていた。仕方なくもう少し情報を追加する。

「あいつは…………あのころはたぶん子供は好きだったんだろうな。遊んでもらった記憶はあっても、怒られた記憶はない」

「なんか微妙に過去形じゃないですか？」

おっと。まずいまずい。ついつい心が過去に飛んでいたよ。

「過去形でも現在形でも一緒だっつの。どうせ中身は変わってないしな」

野花さえよければ、今度父親に会ってみないか。

つい流れでそう口にしそうになって慌ててやめた。父はオレだけじゃなく、野花も捨てた。そして今は神條咲たちと暮らしている。そこにどんな事情があったのかわからないうちは、とてもじゃないけど野花とあいつを会わせるわけにはいかない。

これ以上両親のことを話していたら、嘘で塗り固めたメッキがはげて、うっかり何かをこぼしてしまいそうだったので、オレはいい加減話題を変えることにした。

「野花の話も、少し聞いていいか」

「ん？　ええ、どうぞ。そういえば私たちって、お互いのことってあんまり話していないですよね」

それは確かに。何かとバタバタし通しだったから、あまり暇もなかったしな。こいつと自宅で一緒にのんびり飯を食う機会なんて、おそらくもうないだろう。こういうときくらい、胃が痛くならない気楽な会話を交わすのも悪くない。

「野花は孤児院で普段どんなことをしてるんだ」

「はい！　お兄さんアウト！」野花はぴしっとスプーンをこちらに向けてきた。いつもニコニコウザったい笑顔と打って変わって、珍しく眉を逆立てている。「孤児院じやなくて、養護施設です！　中には両親がいても、事情があって預けられている子もいるんですから、孤児って言葉は禁句ですよ。というわけで罰として、ロールケーキを買ってきてください」

「結局それかよ。素直に悪かったって謝ろうとしていた気持ちが、みるみるなくなっていくんだが」

「別に謝らなくてもいいです。ロールケーキをいただければ」

そう言って野花はにへっと笑った。

こいつのこういうふざけた感じ、どこまで冗談でどこまで本気なのか、いまいち判断がつかない。謝るべきなのかふざけるべきなのかわからなくて、オレは結局いつもラクなほうに流れている気がする。まぁ少なくとも、ロールケーキを食べたいっていうのは本気なんだろうから、覚えていたら帰るときにでも持たせてやろう。

「で、野花は普段、養護施設で何をしてるんだ?」

「そうですねー。私は一番のお姉ちゃんですから、子供たちの面倒を見たりしてますね。サイトウさんとか、職員の方もいますけど、人手はいつも足りていませんから。おかげで、家事などはたいていできますよ」

「ん? このまえお前、料理は苦手だって言ってなかったか?」

「得意じゃありませんけど、普通には作れますよ。家事以外でしていることと言うと、あとは勉強ですね。できれば大学に進みたいと思っていますので、勉強をがんばって奨学金をいただかないとなのです。どうです？　偉いから褒めてもいいですよ？」

普通に偉いと思ったのに、何でこいつはこういうことを言うんだか。ドヤ顔されると、とたんに褒める気をなくすから、世の中不思議だ。

「そうだ！　せっかくですから今度、遊びに来てくださいよ！　私、腕を振るっちゃいますよ！　食材さえ買ってきてくれればという条件付きですけど」

「ま、機会があればな」

その後は、お互いの学校の話やオレのバイトの話など、比較的平和な話をしながら食事を終えた。久しぶりのにぎやかな様子に、仏壇の中の母もいつもよりも濃い笑みを浮かべている気がした。

すでに時間は午後九時を回ったが、野花のテンションはとどまるところを知らず、今度はお風呂のことで騒いでいる。

「着替え！　買ってくださいよ！　お風呂から上がっても同じ服だなんて、清潔なことが自慢な柳野花さんは、とても耐えられないのです！」

「うるさいなぁ。お前は、オレにどんだけ金を使わせたいんだよ」

「じゃあせめて下着だけでも！　替えの下着だけでも買ってきてくださいよ！」

「はいはい。買ってきておいてやるからさっさと風呂に入って来い。あんまり騒ぐな」

「ありがとうございまーす」

野花はにへにへ笑うと風呂場へと消えていった。まったく。どれだけ人にたかるのがうまいやつなんだ。

さて、それはいいとして、この雰囲気はとても好都合だ。いつ言おうかと迷っていたけど、言うなら今だ。

「なぁ野花」「な、何ですか？」

風呂場にいる野花に話しかける。こういうことを、面と向かって言えないオレは、やはり臆病なのだなと思う。

「お前、明日もオレについてくる気か？」「はい？　どういう意味ですか？」

「探偵の真似事を、明日も続けるのかって聞いてるの」「続けますよ。当たり前じゃないですか。今さら何ですか？」

「犯人がどんなやつかわからないけど、人の家に平気で泥棒に入るようなやつだ。誘拐の前科だってある。そういうやつを追っていけば、お前の身に危険が及ぶかもしれない。オレはまだしも、お前はそんな目に遭う義理なんてないだろ？」

オレは所詮犯罪者だ。多少危険な目に遭っても、自業自得だと思える。将来の夢だって特になく、大学だって目的があって入ったわけじゃない。けれどこいつは違う。ちゃんとこの先の目標も決まっているし、そのための努力だってしている。そんなやつが、わざわざリスクを負う必要なんてない。

ドアの向こう側の声は黙っていた。身じろぎする音も聞こえない。

オレは、何か反応があるまで、ただただじっと待つしかなかった。

普段しゃべってばかりのやつが少し静かになるだけで、なぜか心には不安がどくどくとわいてくる。やっぱり面と向かっているときに言わなくてよかったと思う反面、顔が見えない分、余計な想像ばかりが膨らんでしまって、胃が痛くなってくる。

わかってはいたことだけど、やはりこいつは人から疎外されることを何よりも嫌がるみたいだ。普通なら、いくら楽しいからって、身に危険が及ぶかもしれないことにまで首を突っ込もうとはしない。たとえ自分の身に危険が及ぶかもしれなくてもこいつは、『家族』と同じ時間を過ごしてみたいのだろう。たとえそれが、オレみたいな嘘にまみれた犯罪者だとしても。

頼むから、泣くとかは勘弁してくれよ。

どうにも声をかけられずやきもきしていると、扉の向こうから、ぽつりと声が聞こえた。

「これって、心配されてるなーって喜ぶべきなんですかね。それとも、仲間はずれにされたって悲しむべきなんですかね」

喜ぶべきだろって言おうとした口は、開いただけで何の言葉も発しなかった。

「私…………家に帰ったほうがいいですかね。お兄さんが本気でそう言うなら……おとなしく従います」

…………心配だからだ……ただそれだけのことが言えず、俺はまた嘘をつく。

「冗談だよ、冗談！　明日も頼りにしてるからな！　ちゃんとまじめに働けよ！」

何か急に気恥ずかしくなって、オレは足音高くリビングへと戻った。

どうにも胸がもやもやした。残念なことにこの胸のむかつきは、胃薬を飲んでも治りはしなかった。

翌朝、学校に行くからかばんと制服を取りにいったん家に戻るとかいう理由で朝早くからたたき起こされたオレは、野花を駅まで送り届けた。結局、電車賃もきっちりもぎとっていきやがった。実にちゃっかりしている。

「しかし、六時に起こすことはないだろ。学校なんて、ちょっとくらい遅刻したって、何も問題ないってのに」

こんなに朝早く起きたのは、高校受験の時期以来だ。時間が余りすぎて、逆に戸惑ってしまう。早朝に町の中を歩くのは久々で、見慣れた風景なのにどこか新鮮な感じがする。歩いている人の色と気配が違うだけで、驚くほど町の色彩は変わる。

野花と待ち合わせをしたのは昼。さて、それまでどうするか。

コンビニで仕入れたパンをかじりながら、これからのことを改めて考える。誘拐犯は午後一に電話をかけてくると言っていた。それまでに金を用意しておかないと、人質になっている神條咲たちがどうなるかわかったものじゃない。

オレとしては、ロクに話したこともない他人の命や神條拓真なんて、どうなろうが知ったことではないが、話くらいはしたい。もしこのまま神條拓真が死ねば、なぜ母さんと別れたのか聞くこともできなくなる。そのためには神條拓真を助けるしかない。

食べ終えたパンの包みをゴミ箱に捨てて、駅のベンチから立ち上がる。まず目指すのは、元誘拐犯の佐々山の自宅だ。場所はすでに水谷から教えてもらっている。

過去の事件の流れを見ても、今回の誘拐犯もこいつの可能性が高い。わざわざ捜査資料をわかりやすい場所に置いていた以上、まさか自宅にいたりはしないだろうが、何かヒントくらいは転がっているかもしれない。

まずは下調べだ。野花の学校が終わるまでに、いろいろと情報を仕入れておこう。んでもって、犯人に対して金が用意できなかったことへの言い訳も、しっかり考えておかないと。あーあー、やることが多くて嫌になるね、ほんと。

電車に乗って数駅。目的の駅では、近くにいくつか高校があるのか、色とりどりの制服に身を包んだ生徒たちが、わさわさと道を占領していた。高校に通っていたころは、顔を見ればなんとなく学年がわかったものだけど、今はろくに顔の判別もつかない。その代わり、昔は誰を見てもおっさんとしか思わなかった大人の年齢が、少しだけ判断がつくようになってきた。なんとも不思議なことだが、これこそ年を取るってことなのかね。

水谷刑事から教えてもらった佐々山の家は、駅から歩いて三十分ほどの距離にあった。駅から遠いからか、どこかのんびりとした雰囲気が漂う。庭付きの一軒家が多いのも特徴だろうか。人通りが少なく、家と家の間隔も広い。この上なく泥棒向きの立地で、思わず体がうずうずしてくる。

って、オレは中毒者かっつの。これから元誘拐犯の自宅に乗り込むんだから自重しろって。

佐々山の家は周囲と同じで一軒家だった。まずは家の前を通過しながら、それとなく外観をチェックする。

二階建ての平凡な家だ。水谷の話によれば、誘拐の罪で捕まる以前から、ずっと住んでいた家だそうだ。ガレージにはワゴン車が止められている。人間三人を乗せて運ぶくらい余裕のサイズだ。一階も二階もしっかりカーテンが閉められていて、中の様子は窺えない。だが車が置かれているということは、今も誰かが住んでいるようだ。

わかったのはここまでだ。いったんそのまま佐々山の家を通り過ぎ、距離をとった。ちょうど五分ほど歩いたところに公園があったので、そこで考えをまとめる。

佐々山の家はとにかく普通だった。セキュリティ会社のステッカーも貼っていなければ、犬を飼っているわけでもない。人通りも多い場所ではなかった。これなら仕事は簡単だ。

改めて佐々山の家に向かう。幸いタイミングよく人の姿はなく、あっさり敷地に侵入できた。問題はここから。中に人がいるかどうか、まずは確認しないといけない。

とりあえず一階の窓と玄関に集音マイクを仕掛けておく。できれば二階にも仕掛けておきたいが、マイクを回収する手間を考えると、あきらめるしかなさそうだ。ほとんどの場合人は一階で生活するから、あまり問題にはならないだろう。

昔なら、ガスのメータや水道のメータを見れば、中に人がいるか一目でわかったのだろうが、最近ではネットワークを介してデータを収集してしまうから、外から見えるところにメータを置かない家も多い。佐々山の家もまさにそれで、ぱっと見、人がいるかどうかはわからない。何でもデジタル化しちまうってのも考えもんだね、ほんと。泥棒に優しくない世の中だ。

中に人がいるか確認するだけなら、ピンポンダッシュでもセールスでも、方法はいくらでもある。だがもし佐々山が本当に誘拐犯なら、あまり刺激をしたくはない。このタイミングで客なんて来たら、疑心暗鬼に駆られた犯人に、やたらめったら疑われてしまうだろう。

外から見えないように、車の陰に潜んでどうしたものかと悩んでいると、ノイズばかりが流れていたイヤホンから、かすかな音が聞こえてきた。

「……………おい……………朝飯……………用意しろって言ったろ」

音質が悪くてよく聞こえない。窓越しだから仕方ないか。贅沢は言うまい。無人じゃないとわかればまずはそれで十分だ。中にいる人数、あと、できればこいつらが誘拐犯だとわかれば最高なんだが。

「…………ったく…………が会社だったら…………お前…………クビだぞ」

中にいるのは二人か？　いや、電話という可能性もゼロではない。

「……から…………とっとと…………ってこい」

とっとと買って来い？　行って来い？　いずれにしろ、誰か外に出てくるか？

車から離れて家の陰に隠れると、中から男が出てきた。捜査資料に載っていた佐々山の写真とは違う顔だ。

男は車を使わず、徒歩でどこかへ向かった。一瞬迷ったが、こっそり男の背中を追う。尾行なんてあまり慣れていないから、できるだけ距離をとることを優先した。

しかし男と同居なんて、いかにも怪しい。佐々山には男の兄弟はいないと聞いている。共犯者の可能性が高いだろう。佐々山が男性を愛するゲイな方っていうのなら、話は別だが。

残念なことに、男はコンビニで買い物をしただけだった。人質のところに案内してくれれば最高だったが、さすがに無理だったか。だが買ったお茶が二人分だったことを考えると、どうやらあの家にいるのは二人だけのようだった。

そうして監視を続けていると、気づけばあっという間に昼前になっていた。中では何の動きもない。起きた変化といえば、ずっと中腰でいたから腰が痛くなってきたってことくらいだ。

もう野花を迎えに行く時間か。昼に佐々山の家の最寄り駅で待ち合わせだ。

よっこらと立ち上がり、駅に向かう。途中、朝にも見た制服の集団がわらわらと歩いていた。まだ昼前だってのに、何でこんなに学生が多いんだ？　サボリにしては人数が多いな。

駅に到着すると、ちゃんと待ち合わせの時間どおりに野花が来ていた。かばんを地面に置き、手持ち無沙汰そうに壁に寄りかかっている。

遠目から見てみると、野花の容姿が人より数段優れていることを改めて実感した。あの変な言動にさえ目をつぶれば、そこそこ男に人気も出ることだろう。無個性な制服だからこそ、中身の質の高さが浮き彫りになっていた。

野花がこちらに気づいた。かばんを片手にぱたぱたと近づいてくる。その瞬間、鼻がどこか懐かしい匂いを捉えた。

「何ですかお兄さん。来てるんなら早く声かけてくださいよ………どうしました？ぼーっとして？」

「ん、ああ。いや………太陽の匂いが、したなぁって」

「太陽ですか？　そりゃ毎日お日様の下に干してますからねー」

なんだ、ただの洗濯物の匂いか。でも久々だった。家じゃ乾燥機で乾かしているから、太陽をたっぷり吸い込んだ衣類の匂いなんて、母さんが死んで以来嗅いでいない。

「ところでお兄さん。今日はいい天気ですねー。いい天気だとお腹が空きますねー」

ちっ。こいつはほんと、この話題しか振ってこないのか。どんだけオレにたかるつもりなんだよ。

「別に腹なんて減らん」「そんなこと言わないでくださいよー。適当に軽いものを買ってくれればいいですからー。ロールケーキとかどうです？」

ちっ。朝、時間がなくてロールケーキを買ってやれなかったのをまだ根に持っているのか。

「うるさいよ。あんまり騒ぐと置いてくぞ。腹が減ってるならそこらの草でも食ってろよ」「ひどいー。なんて言い草ですか。草だけに！　どやぁ」

うるせー。

「そういやお前、何でこんな時間に学校出てきてんだ？　サボリか？」

「違いますよ。今日はテストですよ、中間テスト。だから午前中で終わったんです。私なんて、待ち合わせに間に合うようにテストを速攻で終わらせて、お腹が痛いって仮病までして早く退室してきたくらいですからね、えへん」

「そりゃまた、ずいぶん急いだな」

「当ったり前ですよ！　犯人は午後一で電話をかけてくるって言ってたんですから、

それまでには合流しないとですよ！」

ふぅん。こいつもちゃんと、事件のことは考えていたのか。偉いじゃないか。

現在、神條宅の電話はすべて、オレのケータイに転送されるようになっている。通話開始と同時に、録音が始まるよう設定もばっちりだ。おかげでこうして、電話がかかってくるぎりぎりまで、外で捜査ができる。

「で、どうでした？　佐々山さんが誘拐犯でビンゴでしたか？」

「あぁ、それは――」

午前中の捜査結果を伝えながら、佐々山の家近くの公園に向かう。野花は目立つ容姿をしているから、できれば佐々山の家には近づけないほうが無難だろう。

「むむむ。お兄さんの捜査能力をもってしても、誘拐犯か断定できませんでしたか」

「残念ながらな。窓越しの音じゃ、拾うのも限界がある。近くで会話してくれればなんとかなるが、部屋の奥で話されたら何も聞こえん」

「むむぅ」

こうなったら、とりあえず侵入してみるっていうのも手だ。家人がいる状態で家捜しは厳しいが、家の中にマイクを仕掛けることくらいはできる。それでも佐々山が誘拐犯だと断定できるような会話を拾えるかはわからないが。

「お兄さん！」拳を握り、野花がこちらを見ている。

「何だよ」

「お兄さんは、佐々山さんが誘拐犯か知りたいわけですよね！」

「まぁそうだな。確信できるような言動を拾えればベストなんだが」

「私、いいアイディアあるんですけど、お腹が減ってうまく言葉にできないなぁって！」

　とりあえずおでこをひっぱたいておいた。

「いたい！　ひどい！」

「うるせー。飯は働いてからだ。あとでちゃんと食わせてやるから、きりきり働け」

「ちぇっ。働かざる私、食うべからずですね。わかりましたよー。働きますよー。で、作戦なんですけど」

　そうして語られた野花の作戦は──悔しいことに、確かにドヤ顔で話すだけの価値はあった。大変腹立たしいが、こういう機転の利きっぷりだけは、本気ですごいと思ってしまう。

　午後一っていうのはなんとも曖昧な表現だと思う。十三時？　それとも正午？　ついでにオレの場合は、十二時五十分が午後一だ。何でこんな中途半端な時間かと言うと、大学の午後最初の講義がその時間から始まるからだ。午後一をいつと捉えるかで、その人の生活リズムがわかったりするんじゃないかとか、ほんのり考える。

まぁ残念なことに、誘拐犯は何の特徴もなく、普通に十三時に電話をかけてきたのだけど。

「神條探偵事務所の者か」

声、話し方の癖。間違いなく昨日電話をかけてきた誘拐犯だ。

「ああそうだ。ちゃんと十三時ぴったりにかけてくるなんて、意外と律儀なんだな」

「金は用意できたのか」

オレの軽口をさらりとかわして、用件だけを淡々と告げてきた。やれやれ、もう少し時間を稼がせてくれよ。

オレは野花の顔を見て頷くと、移動を開始した。

「まぁそう焦るなよ。とりあえず声を聞かせてくれよ。人質が生きてるってわからないと、オレだって金を振り込む気がなくなるだろ」

「交渉する権利などあると思ったのか。言われるままに金を振り込む以外に、お前にできることはない。人質を返してやるかは、お前の誠意次第だ」

むちゃくちゃ言ってやがる。商品を確認せずに金を振り込むバカがどこにいるってんだよ。

……いるか。子供を誘拐された親なら、ほんの少しでも子供が無事に返ってくる可能性を高めるために、金を払うくらい当たり前か。

だが残念だな。オレは、そんなできた人間じゃないんだよ。

「誠意？　誠意って何だよ。今この場で土下座でもしろってのか？　ははっ！　それで神條拓真たちが返ってくるなら、頭くらい、いくらでも下げてやるさ」

「……調子に乗るなよ。こっちには人質が三人もいるんだ。どれか殺しても、問題はないんだぞ」

背筋を冷たい汗が伝う。危ない。挑発の加減を間違えると、交渉をすることもできずに失敗しかねない。冷静に、着実に。

「わ、悪かったよ。ちょっとはしゃぎすぎた。で、でもわかってくれよ。こちとら金を集めるために徹夜で走り回ったせいで、ハイになってるんだよ」

「……それで、金は用意できたのか」

「もう少しだけ待ってくれないか。さっきやっと、昔の伝をたどって金を借りられる目処が立ったところなんだ」

「……いつまでに振り込める？」

よし。交渉の余地はあるか。だがここで、あまりにも遅すぎる時間を提示するのも危険だ。

「きょ、今日中！　今日中には振り込むがどうだ！」

「……………それでいい。その代わり、必ず全額振り込め。少しでも欠けていたら、人質が五体満足で帰れるかわからないぞ」

「ああ」先ほど休憩した公園に着いた。「そうだな」頃合だ。

『ピンポーン』

電話の向こうからチャイムの音が響いた。オレは何も気づかない振りをして会話を続ける。

「金は必ず振り込む。だから人質には手を出さないでくれ。お願いだ」

「あ、ああ。わかった。さっさと振り込めよ。振込先はメールで連絡する」

誘拐犯は慌てた様子で電話を切った。まぁ焦る気持ちもわかるがな。

ほくそ笑みそうになるのをこらえてイヤホンを耳に入れる。一瞬の雑音の後、玄関に仕掛けた集音マイクから音声が流れてきた。

『はい！　このあたりのみなさんにアンケートなんです！』

マイク越しでも野花の声はキンキンと響いている。その声が耳に残っているせいで、応答しているやつの声がいまいち聞こえない。

『はい！　公民の課題で、日本の少子化の実態調査として、ご近所の家族構成を実際に調べてみようって話になったんです！　というわけですので、お宅の家族構成を聞かせてもらえますか？』

　野花はちゃんと事前に教えておいたとおりのセリフをしゃべっている。設定さえ決めてやればこいつの演技力がなかなかなのは、神條宅での出来事を通して知っている。安心して聞いてられるってのはいいもんだ。

　しかし野花の発想は末恐ろしい。誘拐犯から電話がかかってきたタイミングで、佐々山の家のチャイムを押すというだけのシンプルな作戦だけど、佐々山が誘拐犯である決め手がなかったこの状況を、見事に打破してくれた。

　これで誘拐犯は佐々山と確定した。犯人さえわかれば、あとはもうどうにでもなる。

『なるほどー、一人暮らしなんですね。了解しましたー。ありがとうございまーす』

　野花のほうも会話が終わったようだ。マイクからドアの閉まる音が聞こえる。

　野花がついた嘘がバレないように、この後野花には、実際にご近所を何軒か回って家族構成を調べてもらうことになっている。暑い中、実にご苦労さまではあるが、昼飯をおごってやるのだからこれくらいは安いものだろう。

息を吸い込む。パチパチと瞬きをする。相棒の左手と、役立たずの右手を、開いて閉じる。オレの仕事はこれからだ。このまま野花だけががんばってるのは面白くないからな――が、その前に……。

「……人があちこち走り回ってきたってのに、ずいぶん優雅ですねお兄さん」

額に汗を浮かべた野花がこちらをジト目で見ている。

「別に優雅ってこともないだろ。普通に昼飯食ってるだけだし」

野花が戻ってくるまで三十分近くもあるんだから、空き時間を使って栄養補給をするなんて当たり前なのに、こいつはいったい何を怒ってるのかね。

「冷房の効いたファミレスで？　熱々のコーヒーとホットサンドを食べているお兄さんが？　まったくちっとも優雅ではないと？　ほぉう。面白いことを言いますなぁ」

「いやいや、こんなクソ暑い中わざわざ外を歩き回るやつの面白さには敵わねぇよ」

「またまたぁ。お兄さんは本当に面白い冗談を言いますね」

そろそろ本気で怒りそうだから自重しよう。時間に余裕があるわけでもないしな。

「で、どうだ？　マイク越しじゃよく聞こえなかったが、佐々山には怪しまれなかったか？」

「当たり前ですよ。こう見えても、知らない人に警戒心を抱かせないことには、ちょっと自信があるんですから」

「ふぅん。じゃあ将来はキャッチセールスとか宗教の勧誘とかが向いてるかもな。で、指示しておいたことはちゃんと確認してきたか？」

「はいはい、大丈夫ですよぅ」

野花は席に座ると早々に手を挙げて、近くのウェイトレスを呼び止めた。

「私、メロンソーダと冷麺とハンバーグセットとミルフィーユと白玉ぜんざいで」

「私が何人いるんだよお前は。一品しかおごらないからな。残りは自腹で払えよ」

「むぐぐぅ。じゃあ仕方ないですね。ウェイトレスさん、この店で一番高いメニューを持ってきてください」

おごる側としては、一番むかつく頼み方だな、おい。

注文を終えた野花は、はたはたと顔を手であおいでいる。

「えーと、何でしたっけ？」「靴の数」

「ああ、玄関に置いてあったのは二足でしたよ。どっちも男物です。玄関から見える範囲に扉は三つ。うち一つは洗面所につながってるっぽかったですね。二階への階段は、玄関のすぐそばでした」「ふむ」

靴の数的には、あの家にいるのは佐々山を含めて二人か。お茶の数とも矛盾しない。野花の報告と家の外観を合わせれば、中の構造も大体想像できる。

よし、これだけ情報が集まれば十分だ。

「お兄さん、これからどうするんですか？　誘拐犯の正体はわかりましたけど、問題は次の手ですよね」

「そうだな。向こうは武器だって持ってるだろうから、不用意なことをしたら何をされるかわからないもんな」

「一番無難なのは、警察に通報ですかねー。状況証拠しかないですけど、録音してた今までの通話記録を聞かせれば、さすがに動いてくれますよねー」

事件を解決するだけなら、それが一番手っ取り早いだろう。だが問題は、それで神條拓真たちの身の安全が保障されるかってところだ。せっかく犯人の家までわかったのだ。人質の居場所を探るくらいはしてもいいだろう。

そんなことを考えていると、ウェイトレスが野花の料理を持ってきた。湯気立つ器が置かれると、嬉々としてスプーンを構えていた野花は、ぽかんと口を開けた。

「え、これなんてメニューですか？」「フカヒレのスープでございます。ご注文どおり、当店で一番高価なメニューになります」

澄んだ黄金色のスープに、でかでかとフカヒレが浮かんでいる。濃厚な香りに、思わず生唾がわいてくる。ファミレスのくせに調子に乗ったメニューを置いてるな。さすがに二千円超えてたら怒るぞ。

「あ、あ、あの！　スープが一番高いんですか⁉　こんな具もろくに入ってないようなスープが⁉」

「フカヒレなんだから高くて当たり前だろ。黙って食えよ」

「むむむぅ。じゃあいただきます………」

スープを飲んでも、野花は困惑した顔をしている。

「確かにおいしいんですけど、こう、食べたぜーっ！　って気にならないですよねこれ。具もないし……」

「いらないならくれよ。オレが食べるから」

「イヤです。食べ物を人にあげるとか、ありえませんから」

真顔で怒られた。つくづくこいつの食への執念は敬服ものだな。野花を食べ放題の店とかに連れていったらどうなるのか、見てみたい気がする。確実にオレが恥をかく展開になりそうなので、行動に移す予定は今後一切未来永劫《えいごう》ないのだけれど。

「とりあえず確認するぞ。この誘拐事件を解決するには、犯人を捕まえるだけじゃ足りない。まずそれはわかるな」

「へー」

フカヒレスープのせいでテンション下がったのはわかったから、少しはやる気出せ。

「…………誘拐の実行犯が、あの家にいる二人だけとは限らないだろ。人質があの家にいるならいいんだが、別の場所に監禁されている場合、下手に犯人を捕まえたら、人質が殺されかねないだろ」

「ほうほう。なるほどですなぁ」

「だからオレたちは、犯人を捕まえる前に、人質の居場所を確認せにゃならん。金は今日中に用意するって約束だから、それまでには見つけないとアウトだな」

ま、そんなことにはならないがな。

「でも人質の居場所なんて、どうやって調べるんですか？」

「家があるんだから盗みに入ればいい。情報くらいどっかに転がってるだろ」

「アグレッシブな発言ですねー。住居不法侵入もなんのそので素敵だと思いますよ」

あ、そう。

「つーわけで、お前の出番はここまでだ。ご苦労だったな」「え？」

野花はきょとんとしている。

「え、じゃねぇよ。まさかお前、ついてくる気だったのか？」

「え、まさかお兄さん、私を置いていくつもりだったんですか？　なんで？」

「むしろなんでって聞くお前がなんでって感じだよ。お前、足音を立てずに歩くとかできないだろ。一緒に侵入なんてしたら一発で見つかるっての」

「むぐぐ。そりゃ確かにそうかもですけど」

「わかってるじゃないか。じゃあな」

　席を立つと、野花は本気で焦った顔をした。

「ちょ、マジで置いていく気ですか！　私サイトウさんに、一日友達のところで遊んでくるから、帰るのは朝だヨって言っちゃいましたよ？」

「おお、それはいいことだな。お前にも、一晩語り明かせるようないい友達がいたんだな。お兄さんは安心したよ」

　わめく野花を置いてオレは席から離れた。野花も続けて立ち上がったが、テーブルの上に残されたままの料理を見て、むぐぐっとうめき、結局席に座り直した。

　そうそう、それでいいんだよ。おとなしく家に帰っておけ。ここから先は、オレの時間だ。お前は十分すぎるくらいにがんばってくれたよ。

　はっきりと悪意を持っていて、犯罪行為にためらいのない男がいる家に侵入する。

相手は間違いなく凶器となるものを持っていて、オレを見つければそれを向けてくるだろう。オレだってタダでやられるわけにはいかないから、場合によっては泥棒以上の犯罪行為をしなければいけない可能性もある。

お前はそんな世界に入ってくる必要もないし理由もない。玄関のチャイムが鳴るたびに、警察が訪ねてきたのかと怯える日々なんてロクなもんじゃないんだぜ、ほんと。

佐々山の家に向かいながら、改めて自分の状態を慎重に確認していく。

ほどよく腹は膨れていて体調は万全。相棒のピッキング道具は準備万端。少々気温が高くて汗をかいているのは問題。手袋をつけることで汗のぬめりはカバーしよう。

心臓の鼓動が速くなっていくのを感じる。全身の血液が、指の先にまで行き渡っていく感覚に身震いがした。不謹慎かもしれないが、自分が興奮しているのがわかる。

理想を言えば、犯人二人が外出した隙に忍び込みたい。だが外出するまで安穏と待っている時間はないだろう。寝静まる夜まで待つ余裕すらない。さっさと人質の情報を手に入れないと、今日中に手を打つこともできなくなってしまう。

佐々山の家は静まりかえっていた。一階の窓、玄関、どちらのマイクからも何も聞こえてこない。だが玄関が開いた音を聞いていないということは、まだ中に犯人二人はいるということだ。人の家に盗みに入ることは今まで何度もしてきたが、家の中に人がいる状態で中に侵入するのはさすがに初めてだ。いざというときのために、サイドバッグのナイフはポケットに移しておく。

大丈夫。中に人がいるとしてもやることはいつもと大して変わらない。極力音は立てないように。気配を漏らさないように。ただただ慎重に行動する。それだけだ。

周囲に人気がないことを確認し、佐々山の家の敷地に入る。自然と高まっていく緊張感が心地よい。鍵は普通の家と同じシリンダー錠だ。何十回も開けてきた一番スタンダードな鍵。三十秒もあれば開けられる自信がある。

ま、油断はせず、慎重かつ迅速に。とっとと開けてしまおう。

鍵穴の前に座り込み、さっそくピックを差し込む。ゆっくりと鍵穴の内部を探っていると、ふと今回のミッションの難しさに気づいてしまった。

普段ピックで鍵穴を探るときは、音など気にしないが、今日はそんな大雑把なことはできない。鍵穴を探っている音を、家の中の二人に聞きつけられたらおしまいだ。

さすがに三十秒で開けるのは無理かもしれないな。くそっ。焦るな。音を立てたらおしまいだぞ。

じんわりと手のひらに汗をかいてきたのを感じる。生ぬるい水の感触が、頰を伝いあごから落ちていく。顔中を冷えた濡れタオルでがーっとぬぐいたい気分をこらえて、慎重にピックを鍵穴の凸凹に合わせていく。

ぴたっとピックが噛み合った感触に安堵。慎重に力をこめると、ピックが凸凹に噛み合っている感触が返ってくる。よし。あとはテンションを差し込んで回すだけだ。

ピックを固定したまま、手だけでサイドバッグを探りテンションを取り出す——と

そのとき、背後から人の気配を感じた。

犯人に気づかれた⁉ いやだが、犯人は二人とも建物から出ていないはず。

いや、もしかして犯人は最初から三人いたのか⁉

テンションをゆっくりと地面に置き、代わりにポケットにしまったナイフを握った。

背後の気配は躊躇《ちゅうちょ》なく近づいてくる。オレが気づいたことに、相手はまだ気づいていない。今なら振り向きざまにナイフを突き出すこともできる。

全神経を集中して背後の気配との距離を探る。あと三歩。腰を軽く浮かしていつでも飛び出せるようにする。あと二歩。ぐっと歯を食いしばり覚悟を決める。あと一歩。確実に一撃で決められるよう、しっかりと踏ん張って振り向く——なんてことはする必要もなかった。だって背後から、かすかなフカヒレスープの香りが漂ってきたから。

「……来るなって言っただろ。日本語くらい理解してくれよ、ほんと」

「理解するのと納得するのは別問題なんですよ。足手まといにはならないようにしますから、仲間はずれにしないでくださいよ」

一応空気を読んでいるのか、小声で話しながら野花が隣に座り込んだ。思わず漏れそうになるため息。ああいやもう、これはオレの失敗だな。絶対についてこられないように、縄で縛っておくべきだった。

「帰れ」「いやです」

「冗談じゃなくて、マジで帰れ」「いや、です」

思っていた以上に鋭い野花の視線にひるんだ。

「危ないこと、お兄さん一人に押し付けたりはできないです」

とっさに返す言葉が出てこなくて、オレはピッキングに集中する振りをして顔を逸らした。

苦手な目だ。オレが神條家を出ることになった日、母さんがしていた目と同じだった。いっそ憎まれ口を利いてくれればよかったのに。そんな強いのに弱い視線を向けられたら、何も言えなくなっちまうだろ。くそっ。

改めてテンションを差し込み、ぎりりっとひねると、少しずつ鍵が開いていく感触がした。慎重に力を調節して、慣性で一気に回ってしまわないように気をつける。

まったく音を立てないままテンションが回りきった。ゆっくりノブを回すと、何の抵抗もなくその内側をさらしていく。

中に人はいない。扉が三つに二階への階段。犯人は一階だろうか。それとも一階と二階に分かれている？　どちらにしろとにかくまずは、犯人たちがどこにいるのか把握しなければ。

オレは改めて野花を見つめた。間違いなく男と殴り合いなどできそうもない細い腕。きれいに整っているのにどこか愛嬌《あいきょう》のある顔立ち。もしも犯人たちに遭遇してしまったら、間違いなくこいつ一人ではどうにもできないだろう。というかこいつがどうにかされてしまうだろう。

最悪、オレがひどい目に遭うのは納得できる。痛い思いをするのは絶対に嫌だが、でもそうなってしまっても納得はできる。オレがヘマをしたから、オレが痛い目に遭う。どこもおかしくない。

だがもしこいつが犯人たちに捕まって、言葉にするのもおぞましいことをされたら。

想像しただけで胸がひりつく。

「……どうしても、ついてくる気なのかよ」

「どうしても置いてくつもりですか。ふふっ。そこまで私のことが心配ですかぁ？」

にやぁりと嫌な笑いを浮かべられて、オレはようやく覚悟を決めた。

「ちっ。言っておくが、お前がピンチになってもオレは助けたりしないからな。全力で逃げることに集中させてもらうぞ」

「どうぞどうぞ。私だって、お兄さんが捕まっても一人で逃げちゃいますから」

どこまでものんきそうに笑う野花を連れ、佐々山の家に足を踏み入れた。いつでも家から飛び出せるように、玄関は半開きのままにしておく。

「うひ。この緊張感、なんか、お化け屋敷みたいですよねー」

「はっ。じゃあ、手でもつないで行くか？」

「いやいや、なんなら腕でも組んじゃいましょうよ」

「ちっ。冗談ばっか言ってないで、静かにしとけ。犯人がどこにいるかわからないんだからな」

まったくもって緊張感のない発言をする野花を玄関に待たせておく。野花は口では軽いことを言ってはいるが、かすかにひざが震えていた。びびるのは仕方ない。犯罪者の家に忍び込むなんて、オレだって怖いくらいなんだから。それでもついてこようとするこいつの根性には、本当に頭が下がる。

まず手始めに一階の扉に、それぞれ集音マイクを仕掛けていく。これで一階の音は大体拾える。念のため扉に耳を当てて様子を探ってみるが、物音一つしない。

とりあえず一階は後回しだ。犯人が複数いるかもしれないリビングやダイニングに足を踏み入れるのは危険すぎる。

オレは無言で指を上に向けた。意図を理解した野花が、先行して二階への階段を上っていく。足音を立てないように気を使っているからか、えらくおっかなびっくりではあるが、意外とうまく気配を殺せている。存在自体がやかましいやつなのに、何気に器用だ。後ろからフォローしてやろうかと思ったが、特に不要なようだ。

オレも片手はポケットの中のナイフを握ったまま、警戒しながら階段を上っていく。

しかし出所したやつが、二階建ての一戸建てに住んでいるなんて豪華な話だ。もともとの持ち家だと言っていたが、よく売られもせずに残っていたものだ。

階段を上りきろうとしていた野花は、制服からコンパクトを取り出して廊下の様子を探っている。こちらが四の五の言わずとも、ちゃんと警戒を怠っていないのが小憎らしい。まじめにやればちゃんとできるなら、最初からそうしろよと言いたい。

廊下は問題なかったのか、キメ顔でぐっと親指を上げた野花は、二階の廊下へ歩を進めた。

二階にも扉は三つあった。左右に一つずつと、正面に一つ。

とりあえず右の扉に聞き耳を立てる。物音はしない。誰かがいる可能性を百パーセント否定はできないけど、このままじゃどこの部屋も調べられない。覚悟を決めて中に入らないと。

ドアをゆっくりと少しだけ開いて中を探る。部屋の中は真っ暗だ。オレは安心して扉を開け放った。

右の扉の先は物置のようなスペースだった。雑多なものが積まれていて、足の踏み場がない。とりあえず見える範囲に人の姿はないようだ。

「野花はこの部屋を調べてくれるか。オレは二階の他の部屋を探ってみる」

「おっけです。お任せあれ」

ぴしっと敬礼を決めた野花のでこを「まじめにやれよ」と押した。「私はいつだってまじめですよぅ」などという実に面白い冗談を言いながらも、野花はちゃんと物置を調べ始めた。

さてオレはオレで、ちゃんと仕事をしなければ。

左の扉にも耳を当てて中の様子を探る。ここからも特に物音はしない。慎重に扉を開けると、中は子供部屋のようだった。佐々山には娘がいたと資料には書いてあったから、その子の部屋なのだろう。長年使っていないのか、床にはうっすらとほこりが積もっている。誰かが出入りした様子はない。この部屋に手がかりはなさそうだ。

次に奥の正面にある扉に向かう。ある程度近づいた時点ですぐにわかった。扉の向こうから、カタカタと規則的な音が聞こえる。おそらくキーボードをたたく音だろう。

二階には少なくとも一人。どうする？　飛び込んでいって、黙らせるか？

いや、とてもじゃないがそんな芸当できるとは思えない。慣れないことをするよりも、盗める情報を盗めるだけ盗むほうが確実だ。焦って短絡的な手段に出ちゃダメだ。

扉にマイクだけ仕掛けて、急に誰か出てきても対応できるように、ゆっくりと後ずさりをする。次の瞬間、とむっと背中に軽い感触がした。

「わふっ」振り向くと鼻を押さえた野花が立っている。

「脅かすなよ。なんだ、もう調べ終わったのか」

「はい。部屋の中はほこりだらけでした。たぶん最近、誰もあの中に入ってないです」

左の部屋も右と同じか。家は広いが、あまり活用はしていないみたいだ。これで二階の調べられるところは調べてしまった。どうしたものか。

次の行動を決めかねて悩んでいると、一階に仕掛けたマイクが足音を拾った。

音は一つ。扉を開く音がする。誰かが一階の廊下に出たみたいだ。

どこに向かう？　もし二階なら、すぐに手近な部屋へ逃げ込まなければいけない。

だが逆にトイレならチャンスだ。今なら一階を調べることができる。

息を殺して耳に神経を集中させる。足音。再び扉の開く音。よく耳を澄ますと、かすかに声が聞こえた。

『ちっ。どうも朝から、腹の調子がわりぃな』

「何か動きがあったんですか？」

少しでもオレのイヤホンから音を聞こうとしてか、やたらと顔を近づけていた野花の鼻をぐいっと押して遠ざける。

「一階の犯人が部屋を移動した。たぶんトイレだ。しかも大だ。すぐ下に降りるぞ」

「おおっ。らじゃです」

音を立てないことを優先しつつも、最大限に急いで一階に下りた。イヤホンからはまだ、何も音は聞こえてこない。

トイレとは最高だ。出る前には必ず水を流す音がするから、その音を合図にどこかへ隠れられる。オレにしては珍しく運がよくて助かる。

一階の調べていない扉は三つ。おそらく扉のデザインから、右は洗面所やトイレの可能性が高い。向かうなら奥の扉だ。今出てきた犯人が閉め忘れたのか、ちょうど半開きになっていて侵入しやすい。さっさと中に入って、さっさと調べなければ。さっきまで犯人がいた空間なら、重要な情報が転がっている可能性が高い。

扉に近づき、念のため隙間から中を覗いたが、特に人の姿はない。安心して中に入った——すぐ脇、棚の陰のところにうずくまる男の背中があった。

考えるよりも先に体が動いてくれた。気配に気づいた男が振り向くよりも早く、ナイフを男の首に押し付けることに成功した。

「動くな」緊張しすぎて、手が震える。「動けば殺す」まさかオレが、こんな言葉を口にする日が来るとは。

何でトイレにいるはずの犯人がこの部屋にいるのかという疑問は、男の前に置かれていた救急箱を見て理解した。腹の調子が悪いから、薬を探そうとして部屋を移動したのだろう。くそっ。焦っていないつもりだったが、やっぱり焦っていたのか。とんだ早とちりだ。

「お前、誰だ?」

ナイフを押し付けられているのに、男の声は冷静だった。情けないことに、オレの声のほうがよっぽど震えている。

「お前に、質問する権利はない。ポケットから手を出して、両手を上げろ」

男は言われるままに両手を上げた。

こうなったら仕方ない。はっきり言って柄ではないが、このまま直接情報を手に入れるしかない。「お前が、佐々山か」

「ああ、そうだ」男は平然と答えた。

とりあえず人違いじゃなくてよかった。ここまでしちまったら、謝っても許されないからな。

下手に抵抗されるとまずいので、野花に指示を出してオレのサイドバッグにしまってあるロープで佐々山の腕を縛らせた。さらに、顔がバレないよう目隠しもしておく。

「ふぅん。二人組の強盗か。こんなことをされる覚えはないんだが、いったいどこの誰なのですかね、あなたは」

覚えがないだと。いけしゃあしゃあと。今まさに誘拐をしているやつが、心当たりないなんて、冗談にもほどがあるだろ。

口の減らない佐々山に、もう一度しっかりナイフを押し付けて、尋問を続ける。下手に時間をかけて、二階のやつが降りてきても困る。さっさと済ませてしまおう。

「神條咲。神條勇子。神條拓真。この名前に、覚えがあるな」

「さて。存じませんね、オレは」

「くだらない嘘は必要ない。居場所はどこだ。さっさと答えろ」

「……あの三人の居場所を気にするってことはあんた、神條探偵事務所の者か？」

ちっ。やはりストレートに質問すれば、そこはバレるか。だがこれで、こいつが人質たちのことを知っているのは確定だ。そこを自らの口で言わせたのは大きい。

「ああそうだ。お前が誘拐した人質が、どこにいるか教えてもらおうか」

男は突然肩を震わせた。「はは、なるほどね」笑っている？　どうしてだ？

「で？　天下の神條探偵事務所の方が、こんなところに何の御用で？」

「だから――」「誘拐でしたっけ？　いったい誰が？　誰を？　誘拐したって？」

佐々山の余裕しゃくしゃくの態度に、肌があわ立つような不安が襲ってきた。なぜこんな場面で笑える？　探偵に居場所を突き止められ、自分の犯罪が瓦解しようとしているのに。

「お前、佐々山が、神條探偵事務所の者を誘拐した。言っておくが、言い逃れしようとしても無駄だぞ。こっちはお前との通話をすべて録音している。それを聞けば、お前が電話をかけた犯人だということは明白だ」

なぜだ。追い詰めているのはこちらのはずなのに、話せば話すほど不安が強くなっていく。

「ふん。録音ですか。それでオレが犯人だと断定したってことは、やっぱりうちのチヤイムを押した女も、神條さんの協力者なんですかね。ちょっと怪しいなぁとは思ってたんですが」

口を滑らせたか⁉ いや、ここで動揺するほうがまずい！「女？ いったい誰のことだ？」

「隠さなくてもいいじゃないですか。神條さんにはたくさん助手がいるんだから、女性の助手だっているでしょ。まさか、あんな若い子もいるとは思いませんでしたが」

「何の話かわからないな。それより、余計なことをべらべらしゃべるな。お前は聞かれたことだけ答えろ」

まずいな。野花は顔も制服もバレている。この男をこのまま放置したら、野花に危害を加えるかもしれない。

「ふふ。ここでオレを刺して困るのはあんただと思いますよ。無実の人間を刺したとなれば、いくらなんでもタダでは済まないでしょう」

「無実？ 何を言っている」

「オレが誘拐犯？ いったいどこにそんな証拠が？ 電話の音声？ それは本当にオレでしたか？」

ようやく言いようのない不安の正体がわかった。声だ。電話の声と、佐々山の声は、明らかに違う。

「……電話をかけていたのは、二階の男ということか」

「二階の男？　ふふ。いったい誰でしょうね、それは」

嫌な予感がした。ナイフを押し付けたまま、佐々山の体を探る。案の定ポケットにはスマホが入っていた。しかも通話中のままだ。

くそっ！　全部上に筒抜けか！

「二階だ！　もう遅いかもしれないが、調べてきてくれ！」

野花は慌てて部屋を飛び出した。二階に仕掛けたマイクからは何も聞こえてこないから油断していた。こいつ、オレがナイフを押し付けたときにはもう、相方に情報が伝わるようにスマホを通話中にしていたのか。

くそっ！　さっきから話にならねぇ。失敗ばかりじゃないかオレ。役立たずにもほどがある。

「ダメです！　窓が開いていて、もう誰もいません！」

戻ってきた野花の報告に、目の前が真っ暗になった気がした。反対に、佐々山の声は一段階明るくなったように聞こえる。

「さて。それであなたはどうなさるんですかね？　言っておきますがオレは、誘拐なんて知りませんよ？　そもそも誘拐された人質はどこにいるんです？　オレがその誘拐に関わっているという証拠は？　聞かせてくださいよ、探偵さん」

もう逃げ出すしかなかった。その後、実際に家中を調べてみたが、誘拐に関する情報を見つけることはできなかった。逃げた二階の男も戻ってこない。佐々山のスマホを使って何度も連絡したが、すべて無駄だった。

もうそうなると、オレに打てる手はなかった。誘拐事件と佐々山を結びつける直接的な証拠が見つからない以上、どうにもならない。チャイムの音だって、佐々山の家にいた誰かが電話をかけたことの証拠にはなっても、佐々山が誘拐事件に関わっていることを直接示しているわけではない。

警察に突き出せば、何かわかるかもしれないが、最早その手段も取れない。こんなことをしてしまったのだから、警察に捕まるのはオレたちのほうだ。

結局オレと野花は、佐々山をその場に放置したまま、オレの家まで逃げた。幸いオレは自分の正体がバレていないし、顔バレもしていないから何も問題はない。だが野花は——。

「野花。今日はここに泊まれ。学校にも行くな。施設にも帰るな」

「それはつまり、ここで暮らせ野花！　ってことですか？」

「……最悪、そうなるかもな。お前は顔も制服もバレている。名前や住所がバレるのも時間の問題だ。佐々山が次にどんな手を打ってくるかわからない。できるだけ安全策でいくべきだ。ここならセキュリティも万全だから、まず大丈夫だ」

「お兄さん、まじめモードですねー。いつものふてぶてしい顔もいいですけど、マジ顔もかっこいいじゃないですかー」

こいつはほんと、いつでもどこでものんきすぎるだろうよ。少しは事態を把握しているのだろうか。

「言っておくけど、本当にやばいんだからな。佐々山に突然拉致されたりしてもおかしくないんだぞ。個人的には一年くらいこの家に引きこもってもらいたいくらいだ」

「うぇっ。お兄さん、監禁プレイはレベル高すぎですよぅ」

こいつはほんと、人の不安とか心配とかを消し飛ばすのがうまいな、ダメな意味で。危機感がなさすぎてイライラしてくる。

その上、オレのミスを責めようともしない。佐々山との会話、立ち振る舞い、戦略、もう少し考えていれば、野花を危険にさらすことなんてなかった。自分のダメさ加減にも、本当にイライラしてくる。約束の時間はすでに過ぎていた。

オレは野花の要望を受けて、コンビニスイーツを買ってきた。微妙に負い目があったオレは断ることができず、言われるままに買ってしまった。「え？　マジで買ってくれるんですか？」と驚かれた感じからして、野花のほうはまったくオレに貸しがあるとは感じていないのだろう。

だがタイミングの悪いことに、ロールケーキだけ売り切れだった。野花的には一番楽しみにしていたようでとても悔しがっていたが、ないものは仕方ない。今度、ロールケーキがあったときは必ず買ってやるからと約束して、何とかその場は逃れた。

「ところでお兄さん。結局この誘拐事件って、何だったんですか？　何か私、途中からついていけなくなってて」

コンビニスイーツを食べ終えてのんきにお腹などさすりながら、野花は尋ねてきた。

佐々山との会話中、野花が静かだったのは展開についていけなかったからなのか。じゃあさっきからの能天気な会話も、状況を理解できていなかったのか。ちっ。それなら仕方ない。きちんと説明してやるか。

「ようするに最初から二段構えだったんだよ、この誘拐は」

オレ自身少し混乱していたところもあったから、きちんと頭の中で整理しながら、野花に誘拐事件のあらましを説明していく。

最初に起きたのは神條家の誘拐。事件が発生したのは十日前だと考えられる。そして神條宅に自分が犯人だと示すように、事件のファイルをこれ見よがしに置いた後、身代金の要求をしたわけだ。

ファイルには気づかず素直に金を払えば、何も問題はなし。七千万という金額で佐々山の事件を思い出し、佐々山の自宅まで押しかけてきたら事件の第二幕が開始だ。

佐々山は逃げも隠れもせず自宅で待ち受けて、神條探偵事務所の人間が来たら共犯の男にはこっそりと脱出するように指示を出す。もちろん自宅に誘拐の証拠は一切残さないようにしておく。そうすればどれだけ状況証拠があろうとも、佐々山を捕まえることはできず、自分を捕まえた神條探偵事務所の鼻を明かせるというわけか。焦ってオレみたいに直接的な手段に出れば、神條探偵事務所の人間を刑務所に押し込むこともできる。むしろ狙いはそっちだったんじゃないかとすら思える。

一通り聞き終えた野花は、こめかみに指を当てて考え込んでいる。

「ふむふむ。そういうことだったんですか。事件の概要はわかりました。で、誘拐された方はどうしたんでしょう？」

「そもそもの目的が、自分を捕まえた神條拓真への復讐《ふくしゅう》なんだろう。だったらもうとっくに殺されて土の下だろうな。身代金が主目的じゃないんなら、人質を生かしておく理由がない。そう考えれば、犯人が人質の声を聞かせなかったのも納得できる」

自分で口にしていて気分が悪くなってきた。神條拓真はすでに殺されている可能性が高い。頭ではわかっていても、まだ感情がその事実を拒否している。どこかに全員ハッピーエンドで終われる幸せな真実が転がっていないかと考えては、目の前の絶望的な状況に押しつぶされそうになる。だが何かある。この事件は普通じゃない。きっとあいつだって生きて……。

「むむむ………」

野花もようやく少しは事態を理解したのか、少しずつ顔が青くなっていった。

相手は神條拓真へ復讐するためだけに、関係ない家族を殺すようなやつだ。野花が神條探偵事務所の協力者だと勘違いされてしまった現状では、野花も神條咲たちと同じ目に遭わされても何も不思議ではない。だからオレがこれほど焦っているのにこいつときたら、頭の回転が速いときもあるが、意外なところでダメなやつだ。

「あ、あれ？　もしかして私って、結構まずかったりします？」

「まずかったりするんだよ」

野花はがばっと立ち上がると、高らかに宣言した。

「警察に捕まえてもらいましょう！」

「たぶん無駄だな。こんな犯罪を計画してるんだから、徹底的に証拠は隠滅してるんだろ。それにオレたちが持ってる材料だけじゃ、警察だって動いてくれるとは思えない。結局のところ、状況証拠しかないんだから」

「じゃあ、私たちで捕まえちゃいましょう！」

「オレはもちろん動くつもりだ。でもお前は留守番だ」

「なぜですか！……って当たり前ですね。見つかったら、やばぁいですもんねー。よしっ！じゃあお兄さん、私のためにきりきり働いてくださいよ！　私は家でのんびりご飯を食べながら待ってますんで！」

「いや、お前も働けよ。足を使えねー分頭を使え、頭を」

間違いなく苦笑ではあるが、思わず笑ってしまう。こいつと話していると、今、自分が抱えている不安のほうが間違いで、こいつのノンキな態度のほうが正しいように思えてくるから不思議だ。

ヤバさを理解してなお、野花が見せるこの余裕。口をひんまげたニタニタ笑いが、実にムカムカ気分を盛り上げてくれる。ほっぺたつねってやろうか。いや、『やろうか』ではなく、『やってやろう』。たまにはこれくらい、いいだろう。

ぷにっとほっぺたをつまみ、ぷにーっと伸ばす。おお。思ったよりも、もちもちとよく伸びるな。

「あのー、痛いれふー」「おっと、すまん。虫が止まってたから、つい」

「その言い訳はありえないでしょう！　っていうか、つねらないでくださいよ」

ぷりぷりと怒る野花を見ていたら、なんだか少し気分も上向いてきた。野花がいつもの野花で安心した。なんだかんだ言ったけど、やっぱりこいつに取り乱されたら、オレもやばかった気がする。

少しだけだが気持ちも上向き、ふっと息を吐いていると、怒っていたはずの野花がこちらをじっと見ているのに気づいた。「何だ？」

「いえー、何でもないっす」ふいっと顔を逸らされたが、一瞬見えた表情はなんだか楽しげだった。

その表情を見て、思った。もしかしたら野花は、オレを元気づけたかったんじゃないか。

事件の概要を理解していないなんて嘘。いくらおどけてもオレが沈んだままだから、わざと一度事件の概要をオレに説明させて事態の深刻さを理解した振りをして、その上でなんでもないような口調で強がってみせる。そうすればオレがいつもどおりになると思ったんじゃないだろうか。

こんなのすべてオレの妄想かもしれない。けれどオレは、こいつが結構な演技派だということを知っている。どこまでが演技でどこまでが本当なのかはわからないけど、こいつならとっさにそんな演技をしてもおかしくないとは思う。

「どうしたんですかお兄さん。ニヤニヤと気持ち悪い」

「うっせーよ。なんでもない」

気の毒なものを見るような目でオレを見る野花のでこをはたいておく。

オレたちはもしかすると、同じ境遇ってだけじゃなく、性格も似ているのかもしれない。必要ならば嘘でも何でも平気でつく、手段を選ばないところとか、特にそっくりだ。やっぱり父親が同じだと、考え方も似るのかね。

父親が同じ、か。改めて意識をすると何とも不思議な距離感だ。並んで手をつないで歩けるほどに近い存在ではないけれど、こうして二人っきりの部屋で、並んでソファに座っていて問題になるほど遠い存在でもない。

他人なのに家族。このことをこいつはどう考えているのかね。頭の中を一度覗いてみたいもんだぜ。どうせ真正面から聞いてもごまかされるに決まってるしな。

「何かこうして並んで座っていると、あの時を思い出しますねー」

隣に座る野花がのほほんとした声をあげる。

「あの時？」「お兄さんに優しくお説教されたときのことですよぅ。犯罪はやめておけ。一生後悔するぞって」

「…………結局、住居不法侵入をさせたけどな」「いえいえ、それは私自身の意思でやったことですし。それに後悔とかは一切してませんし」

「そうなのか？」

野花はくるりと身体をこちらに向けた。ふわりと髪が舞い、かすかなシャンプーの香りが一瞬鼻先を漂う。

「おかげで、と言ったら変かもですけど、こうして家族と暮らせるんですもん。後悔とか、あるわけないですよ」

なんと言葉を返していいかわからなくて、オレは口を結ぶしかなかった。なぜだか目の奥が熱くなってくる。まともに野花の顔を見ていられず顔を伏せる。

後悔。ないわけがないだろう。それでもここでそれを口に出せば、どうしたってオレへの恨み言になる。だから笑う。笑って、ごまかして、嘘をつく。

当たり前の生活にはもう戻れない。積み重ねてきたであろう努力だって水の泡かもしれない。大切な人だって、失くしたくないものだって、すべて捨てていかなければならないかもしれない。そんなこと百も承知だろうに、どうしてそんなことを言うんだよお前は。

そんなことを、そんな完璧な笑顔で言うなんて、反則にもほどがあるだろ。そんなことを言われたら、オレだって聞かなかったことにはできない。

幸い余っている部屋なんていくらでもある。野花には、母さんの部屋で寝てもらえばいい。学校や養護施設への連絡もある。家族として暮らすのに他に何が必要かわからないが、とにかくやること山積みで面倒くさい限りだ、ほんと。

だがどれほど面倒でも、するべきことはすべてやりきるだけの覚悟はできた。

そうして徐々に、高まっていた緊張感が消えていくオレに対し、野花のテンションは一向に静まることはなく、よく響く声で「はいっ！」と挙手している。

「……今度は何だよ。腹はもういっぱいだろ」

「お腹もいっぱいになり、今後の住居も確保できたところで、私は次なる提案をしたいと思いまっす！」

「よくわからねぇが却下したいなぁ」

「よくわからないのに却下しないでください！　疑わしきは承認でお願いします！」

「はいはい。で、提案とは何ぞや？」

「せっかく時間があるんですし、事件をもう一度一から考え直してみませんか？」

なるほど。確かにもう一度考え直してみるのも悪くはないかもしれない。オレ一人でわからないことでも、こいつと協力すれば何か見えてくるかもしれない。

「だが振り返るといってもどこから？」

「そうですねー。とりあえず最初からではどうですか？　そもそも私たちが、この事件に関わることになったきっかけからです」

きっかけというと、水谷刑事が神條宅を訪ねてきたことか。ふむ。確かに言われてみれば、ここは改めて考えると少し引っかかるところがある。

「水谷は犯人からの電話を受けて、神條宅を訪ねてきたんだったよな。神條家の人たちを誘拐したから、神條探偵事務所の助手に伝えろだっけか。普通はありえないよな、誘拐犯が警察に電話をかけて、しかも誘拐したことを伝えるなんて」

「ですねー。いくらなんでもリスクが高いんですよ」

他にも気になることがある。犯人はあの三人を誘拐して、さらに探偵事務所の助手に対して身代金も要求してきた。だが単純に金が欲しいなら、神條拓真を脅して、銀行の口座番号でも聞き出せばいい。わざわざ神條拓真ではなく、探偵事務所の助手に身代金を要求したのはなぜなのだろう。

「ところで一つ聞いてもいいですか？　私、ミステリーとかあまり読まないからわからないんですけど」

「オレだって読まないからわからないけど、聞くだけなら聞いてもいいぞ」

「誘拐事件で三人の人間を誘拐するのって一般的なんですか？　個人的には、何人誘拐しても身代金が増えるわけでもないんだから、すごく損だと思うんですけど」

相変わらずそこが引っかかってるのか。

「そこは神條拓真への復讐がメインだからだろうな。人質をちゃんと生かしておくことを考えると複数は面倒だけど、どうせ殺すなら何人でも変わらないだろ、たぶん」

「むむむ。なるほど」

野花は指をこめかみに当てて考え込んでいる。邪魔をするのも悪いので、余計な茶々は入れず、ぼんやりとソファに寄りかかった。

とにかく物証が少なすぎるのが、何よりも問題だと思う。今のオレの話だって、結局ほとんど推測にすぎない。三人とも家にいたならまとめて誘拐するってのはわかる。だがそもそも誘拐事件が起きた現場が神條宅なのかどうかも確定していない。神條拓真が誘拐されたことは確実そうだが、他二人はどんな状況で誘拐されたのかも不明だ。

わかっていないことが多すぎる。誘拐、神條宅の物色、そしてもしかすると殺人。これだけいろいろしてるってのに、何でこうも物証が見つからないのだろう。所詮素人の捜査だから、見落としていることがあるのだろうか。それを今から捜査し直して見つけることができるか？　警察の力を一切頼らず？

正直自信がない。たとえ素人探偵でも、ちゃんと証拠が出揃えば事件を解くことはできるだろう。だがその肝心な証拠がぜんぜん手に入らなければ、たとえ本物の探偵であっても手も足も出ない。

もしかしたら野花は、探偵としての素質を持っているのかもしれない。けれど十分な証拠が出揃わなければ、まともに推理することだってできないだろう。キーアイテムが足りていない状態でラスボスに挑んだって、勝てるわけないのと同じだ。証拠のない推理なんて、ただの妄想と変わらない。

「お兄さん、たとえばこういう推理はどうでしょう」

野花は人差し指を立てながら話し始めた。

「犯人は誘拐された神條咲さんと勇子さんです。あのお二方が、お父さんを誘拐。そしてさも自分たちも誘拐されたような振りをして、佐々山さんに協力していたんです。これなら多すぎる人質にも理由がつきます。それに……お父さんは大事な人質ですから、まだ生きている可能性も高いと思います。あの……どうでしょう、私の推理は」

野花はすがるような目つきでオレを見上げてくる。

気持ちはわかる。少しでも自分にとって幸せな推理をしてしまいたくなるのだろう。だが珍しく、野花にしてはキレが悪い。

「もしあの二人が共犯なら、オレが人質の声を聞かせろと要求したときに断る理由がないだろ。あの二人が電話口に出たほうが、信憑性《しんぴょうせい》が高まる」

「うう……た、確かにそうですね」野花は肩を落とした。オレは慰めるように頭をぽんぽんとたたきながら、改めて事件を整理する。

なぜか警察にわざわざ電話をかける犯人。捜査を進めてもぜんぜん出てこない物証。そして誘拐の痕跡がろくに残されていない現場。

物証はなくとも、考える材料だけは揃ってきている。野花の推理だって、そう悪いとは思わない。被害者すらも疑おうという発想は正しい。どこの誰が嘘をついているのかわかりはしないのだから。この事件、こうして材料を揃えても全体的に収まりが悪く感じるのは、誰かが嘘をついているからだと思う。

嘘をついているのは誰なのだろう。どの部分が嘘なのだろう。人の嘘を見抜くのは得意だが、事件の嘘を見抜くのはさすがに勝手が違う。

「お兄さんは何か思いつきました？」「……ダメだ。わからない」

嘘をついている人間というのはいくつか特徴があるものだ。急に早口になったり、逆に普段おしゃべりな人が無口になったり。共通しているのは、どれだけうまく嘘をつこうがどうしたってどこかに違和感が出てきてしまうというところだ。どれだけうまく似せたところで、見る人が見れば宝石の中に混じったガラス玉というのはなんとなくわかる。

オレも確かにどこかに違和感があることは感じている。だがそれがどこなのか。どうしても絞り込むことができない。

「はぁ。なんとも変な話ですよね。犯人はわかっているのにどうにもできないなんて」

ああ、まったくだなと頷こうとして、オレは固まった。

一人だけいた。間違いなく嘘をついている人間。この事件において、もっとも違和感がある箇所。事件がどういう形で収束しようが、間違いなく嘘をついている人物。佐々山だ。こいつだけは、間違いなく嘘をついている。それだけは間違いない。事件の概要。目的。手段。どれをどこまで嘘をついているかはわからないが。

こういうときオレは、一度すべてを嘘だと判断するようにしている。

現在組み上がっているパズルの中から、佐々山に関する部分をすべて取り除く。そうしてできた空白だらけのパズルを眺めていると、ぼんやりと事件の正しい模様が見えてきた気がした。

でもすぐには信じられない。だけどもしそうなら、この事件は——。

「野花のおかげで少し事件が見えてきたかもしれない」

「え、本当ですか？」

真剣な表情で見上げてくる野花を前にすると、少し緊張が高まってくる。本当にこの推理でいいのか、自信がなくなってくる。

いや、別に間違えたっていいじゃないか。もし間違えていたとしても、その推理が別の閃きを野花に与えるかもしれない。

オレたちは二人で事件を解いているんだ。一人で届かない推理なら、二人で届かせればいい。

「もしかしたらあまりにもポジティブすぎる考え方かもしれない。けれどももしオレの考えどおり、すべて『嘘』だったなら——」

まだ考えがまとまりきっていないから、細かい部分まで吟味する余裕がない。どこか矛盾することはないか、この事件を頭から振り返って何度か繰り返してみるが、すぐには思いつかない。

「この事件はすべて嘘。本当は、事件なんて何も起きてないんじゃないか？」

野花は困惑した顔で首を傾げた。

「嘘、ですか？　じゃあ血痕は？　誘拐の信憑性を高めるために、犯人がやったたってことですか？」

「おそらくな。佐々山がしたのは、あの家に侵入して、いかにもそこで事件が起きたように偽装したことと、誘拐犯を装って電話をかけてきたこと。たぶんそれだけだ」

野花は当然誰もが真っ先に疑問に思うことを口にした。

「じゃあ神條咲さんや勇子さんは？　いったいどこにいるんです？」

「さぁ？　旅行に行ってるとか？　それこそお前が最初に言ったみたいに、突然海に行きたくなったのかもしれないな」

野花が最初に今の言葉を言ったときには、まさかそれが真実だなんて野花自身だって考えていなかっただろうが、今や冗談ではなくなっている。

「うーん？　ようするに、お兄さんが推理する事件の流れはこうですか？　佐々山は、神條拓真に復讐をするために、神條家を見張っていたんですかね。そんなとき神條一家が旅行に行くことを知った佐々山は、それを利用してありもしない誘拐事件をでっち上げて、探偵事務所から金を巻き上げようと——」

野花は首を傾げている。

「あれ、でもおかしくないですか？　確かにその考えなら、わざわざ探偵事務所の助手さん宛てに電話をしてきた理由は説明できますけど、お三方が旅行に行くというのを、探偵事務所の人が知っていたら、今回の事件はそもそも成り立たないですよね？お三方が旅行先から電話をかけてもアウトです。いくらなんでも綱渡りすぎますよ」

「いや、そこはたぶん大丈夫だろう。神條拓真は仕事とプライベートを厳密に分ける人間で、仕事のことは家族にも話さないくらいだったからな。以前も旅行中には携帯電話の電源を切っていることがあった。旅行先から探偵事務所の助手に連絡を取らなくてもおかしくない」

「むむ……電話嫌いなんですねー」

「これなら物証が少なすぎることの説明にもなる。そりゃそうだ。誘拐も、窃盗も、殺人も、本当は何もしていないんだったら、物証が出てくるはずがない」

自信満々に言い切ったが、この考えにはまだ問題がある。オレは軽くため息をつきながらその問題について話した。

「この答えが正しいってことを証明はできないんだけどな。証拠がまったくといっていいほどない。現時点では、ただの妄想と変わらない」

オレの言葉を聞くと、野花はにやりと笑った。

「いいえ、確かめる方法ならありそうですよ」

今度はオレが驚く番だった。「本当か？」

「電話かけちゃえばいいじゃないですか、人質に。お兄さんなら、電話番号を知っているでしょう？」

そうか。人質の無事を確認すること。それこそが何よりの証拠となるか。

オレは自分のケータイ電話を取り出し、神條勇子の電話番号を選択した。誘拐されている人間のケータイにつながるはずはないと、今まで連絡することはなかった。だがもしつながれば、すべては丸く収まってくれる。

ケータイを耳に当ててコール音を数える。隣にいる野花は、不安そうにオレを見上げている。

不安なのはオレも同じだ。もしこの推理が外れていて、やっぱり誘拐事件が起きていたとなれば、人質は殺されていることになる。野花だって命が危険なままだ。どれだけのんきそうに振る舞っていたとしても、怖いと思う感情が完全に消えるわけじゃない。

ちょうど十五コール目だった。あまりにも長すぎるその時間に、絶望しかけたそのとき、ようやく電話の向こうから「もしもし」という救いの言葉が聞こえてきた。

それは間違いなく、神條勇子の声だった。

神條勇子は何も知らなかったらしく、オレがそれとなく誘拐のことをほのめかしても何も反応しなかった。彼女的には、ただ母親と一緒に旅行に行っているだけという感じなのかもしれない。神條拓真はそばにいないとのことで声を聞くことはできなかったが、どうやら神條一家は無事のようだった。

こうして事件はあっさりと解決した。まだ佐々山を捕まえてはいないが、もう怯える必要もないだろう。こんな嘘の誘拐事件しかやる勇気のない男が、わざわざ野花を襲うとも思えない。

しかしよく考えたものだ。人質を誘拐しないで、誘拐事件を起こそうだなんて。発想が捻じ曲がっているとしか思えない。

このまま犯人を逮捕せずに終わるなんてどうにも締まらない感じではあるが、佐々山を捕まえるだけの証拠はない。まぁ所詮オレなんて、嘘を見抜くのが得意なだけの凡人だ。偽者の探偵にしては、十分がんばったほうだろう。あとは水谷に事情を説明して、すべて終わりだ。

「野花はどうする？　オレはこれから水谷に会おうと思うがついてくるか？」

野花は腕を組み悩んでいる。

「むー。んー」

こちらの声は聞こえていないようだ。何を考えているのかは知らないが、こっちはさっさと用事を片付けてしまおう。

ケータイを取り出し、水谷へと連絡する。だがケータイの電源が入っていないのか、聞こえてきたのは『おかけになった番号は、電波の届かないところか電源を切っているためかかりません』という電子音声だった。

仕方ない。時間をおいてかけ直すか。

水谷にはつながらなかったが、イライラはしない。珍しく気分は晴れ渡っている。ここ最近の胃が痛くなる問題が、ようやくすべて片付いたのだ。いやが上にもテンションは上がろうというものだ。

とても座ってなどいられず、ソファから立ち上がり、部屋の中を歩き回る。

「さて、じゃあどうするかなー。一仕事終わったことだし、飯でも食いに行くか。野花はどうする？　今のオレは気分がいいから、おごってやってもいいぞ」

「あー。んむー」

野花の反応がにぶい。まだ何か考え込んでいるようだ。

「おい、どうしたよ。何か悩み事か？」野花の目の前で、ひらひらと手を振る。

「え、ああ」ようやく野花が顔を上げた。「いや、別に大したことじゃないかもしれないんですけどね。ちょっと気になることがあって」

「気になること？」野花の隣に座り、顔を覗き込む。

「お兄さんのお母さんのブローチです。あれ、どこに行ったんでしょう」

何で今さらそんなことを気にするんだ？　別に普通に、佐々山が盗んでいっただけだと思うが。取り返す必要は確かにあるが、こいつが悩むことでもあるまい。

オレが疑問に思っている間も、野花の話は続く。

「誘拐に見せかけるため、ブローチを盗んだというのが、お兄さんの見解ですよね。でもよく考えるとおかしくないですか？　だってあの床の血痕さえあれば、信憑性はばっちりじゃないですか。その上ブローチまで盗む必要があるんでしょうか？」

「それは――」とっさに言葉が出なかった。「いやでも、ダメ押しってこともあるだろ。血痕は見つけてもらえないかもしれないし」

「犯人は、わざわざ電話で血痕があるあたりを調べさせたじゃないですか。それはないですよ。実際に物を盗んだら、自分が犯人だって証拠にもなっちゃうじゃないですか。誘拐が嘘だったからこそ、ブローチを盗むっていうのは不自然だと思うんですけど……お兄さんは、そう思いませんか？」

野花が上目遣いで見上げてくる。

確かに野花の言うとおりだ。正直なところ、オレの中にもまだ違和感が残っていた。けれど事件が丸く収まったという現実が、その違和感を覆い隠していた。気づかないうちに、自分に嘘をついていたのだろうか。

「……野花は、どう思ってるんだ？」

「わかりません。けれどこのまま終わりにしていいのかなって思います」

おそらくだが、事件の大筋に間違いはないと思う。だが確かにブローチのことは気になる。盗まれたというなら、神條咲たちの部屋も荒らされていたか。もしかして誘拐とは別に泥棒も入っていたとか？

いや、そもそもあのブローチは金銭的に価値のあるものでもない。ただのガラス製だし、傷だってついている。あれに価値を見出すのなんて、オレくらいなもの――。

その事実にたどり着いたそのとき、オレの目の前で、急に世界が開けた。

なぜ気づかなかったんだ。あのブローチを盗んで得をする人間なんていない。けれど間違いなく損する人間はいる。オレだ。オレだけが、あれを盗まれて損をする。

その事実に気づくと同時に、いくつもの違和感がつながった気がした。信じられないようなこともあるが、辻褄《つじつま》だけは合っていた。今度はどこかに違和感が残っていないか考えるが、特には浮かんでこない。

「ど、どうしましたお兄さん？　怖い顔をしていますよ？」

「ああ、いや――まだ特に根拠のある話でもないんだけどな、野花の疑問の答えを知るにはたぶん、神條拓真に会わなければいけないと思う」

「お父さんにですか？　どうしてです？」

説明したかったが、うまく言葉が出てこなかった。まだ形になるほど根拠があるわけでもない。神條拓真に会うまでは答えは確定しない。だがどうやって神條拓真に会う？　おそらくだがケータイは通じないだろう。何とかして自力でたどり着かないと。

確実かどうかはわからないが、一つだけ方法はある。まずそれを試してみよう。


オレは資料が散乱してひどい有様の部屋の中で、比較的整っている場所、パソコンが載っている机の前に立った。起動させると前と同じようにパスワードを訊かれるが、誕生日を入力すると、あっさり解除できる。

一通り調べてみるが、おそらく終了時にファイルはすべて削除するような設定でもしているのだろう。めぼしい情報は残っていなかった。

だがこのパソコンには、消し残した情報があることをオレは知っている。

ブラウザを立ち上げ、検索履歴を表示する。野花も後ろから画面を覗き込んでくる。

　今の時代、どこかに移動するためチケットを買うにしろ、どこか宿に泊まるにしろ、すべてインターネットで予約をするのが普通だ。その履歴が残っていれば、現在神條拓真がどこにいるのかを知る手がかりになる。最新の検索履歴は、前にオレが調べた『光の丘』に関する情報だった。そして一つ前の検索履歴は――。

「え、病院、ですか？」

　ここから徒歩一時間程度で行ける場所にある総合病院のＨＰに、クリックされた跡が残っていた。

「ここに、お父さんがいるんですか？」

「わからない」そう伝えたとおり本当にわからなかった。だがこのパソコンから、病院の場所を調べたのは間違いない。このパソコンには安易ではあるがパスワードがかかっているから、まったくの他人が使えるとも思えない。本人がこれを調べたか、あるいはとても近しい人間が調べたか。どちらかだろう。

　本当にいるかどうかはわからない。だが可能性は高い。

　とうとう神條拓真と会うことになるかもしれない。そう考えると、全身が震えるのを止められなかった。緊張。恐怖。怒り。どれなのかは自分でもわからない。

病院の面会可能時間にあまり余裕がないことを確認したオレたちは、徒歩ではなくバスを使って移動することにした。

病院は地価が関係してるのか、駅からだいぶ離れた辺鄙《へんぴ》なところに建っていた。その分大きさは半端ではなく、下手なビル並みの高さがある。

受付で神條拓真の名を告げると、あっさり病室の場所を教えてもらえた。必要ならまた適当な嘘でもつかなければならないところだったが、おかげでスムーズに進んだ。

病室がある六階に行く間、野花は終始無言だった。いきなり父親に会いに行くことになって緊張しているのだろう。さっきから落ち着きなく周囲を見回している。

緊張する気持ちはわかる。オレだって緊張する。何せ最後に会ったのは十年以上も前だ。どんな顔をすればいいのか、どんな話をすればいいのか、まったくわからない。

お互い無言のまま、神條拓真の病室に着いた。ネームプレートには、間違いなく『神條拓真』と書かれている。

「よし、開けるぞ」

野花は緊張しすぎて言葉も失くしたのか、ぐっと唇を結んで怯えた顔をしている。

オレも胃が痛くて吐き気すらしてきた。これから、あの男に会う。何度も何度も想像してきた場面で、イメージトレーニングはばっちりだったはずなのに、オレの手はぶるぶる震えるだけでロクに動かない。

このままこうしていても仕方ないだろ。進め！　そう叱咤して、どうにかドアの取っ手をつかんだ。でも力を入れることができない。そのまま手を離して、今までのことを全部なかったことにして、後ろ向きに走り出す――そんな想像をした次の瞬間、まだ力を入れていないのに、扉のほうが勝手に開いた。

そこには水谷が立っていた。オレを見て驚いたような顔をしている。

「あ、あなたたち、何でここに？」

後ろ手に扉を閉めると、水谷はオレたちを交互に見て困ったように笑っている。

「おかしいな。ここの場所、教えたっけ？」

オレは反射で表情を作った。

「誘拐事件に関するすべての謎が解けたからここに来たんだ」

本当はまだわかっていない部分もあるのだが、余裕でハッタリをかます。完璧な笑顔を武器に、相手の目をまっすぐ見つめる。

水谷はため息をついた。

「そう。全部バレちゃったの。さすが神條拓真の息子さんね。いいわ。じゃあ、あとは本人からすべてを聞きなさい」

五章　虚偽申告

水谷がドアの前からどいた。こいつにも聞きたいことはあったが、確かに、あとは本人に聞けば済む話だ。

緊張しているのか、かすかに震えている野花の手をつかむ。大丈夫。オレだって手が震えている。もう逃げるつもりはない。

息を吸い込む。パチパチと瞬きをする。役立たずの右手は野花とつないでいるから、相棒の左手だけを開いて閉じる。さぁ行こう。

石よりも重いドアに手をかけた。目をつぶると、いろんな光景が一気に襲ってくる。幼いころ父を求めていた自分。年を取り父を憎むようになった自分。嫌いなはずの嘘ばかりが上手くなって、自分の気持ちをごまかすことだけは得意になった自分。このドアを開けるとき、いったいオレはどのオレであの男に立ち向かえばいいんだろう。

ドアに手をかけたままのオレを、野花が不安そうな顔で見上げた。

そうだ。オレが躊躇してどうする。こういうとき、オレが笑わなくてどうする。せいぜいふてぶてしく見えるように笑みを浮かべ、オレは一息にドアを開けた。

そこに、神條拓真はいた。

外の声が聞こえていたのか体を起こしてこちらを見ている。だいぶやせていて、そして小さい。この男はこんな平凡なやつだっただろうか。普通に道を歩いていたら見落としてしまいそうなほどに存在感がない。

オレと野花が何も口にできず固まっていると、水谷がドアを閉めて中に入ってきた。ベッドの脇に立ち、不安そうな表情でオレたちと神條拓真を見ている。

神條拓真はそんな視線を気にした様子もなく、オレと野花の姿を見て楽しそうに口を歪めた。その表情は、間違いなくオレが知っている神條拓真だった。

「さて、ではヒサくんは、この事件の真相はどんなものだと思う？」

オレの体がぴくっと反応した。

神條拓真のこの言葉はお話が終わる合図。話は事件の真相を解説してからってことか。第一声がそれとはな。ずいぶん芝居がかった真似をしやがって。

ヒサくん。ヒサくん。ヒサくん。

神條拓真の言葉に、ふっと、意識が昔に飛んでしまいそうになる。ダメだ。惑わされるな。

オレは余計な感情を込めず、簡潔に答えだけを言った。

「今回の事件、実行犯は佐々山だ。だが佐々山に命令して今回の嘘の誘拐事件をでっち上げたのは、あんたなんだろ。神條拓真」

神條拓真はニヤニヤと笑ったまま何も答えない。これだけじゃ足りないってことか。オレは気づかれないように拳に力を込め、神條拓真を睨《にら》む。

「そもそもおかしいよな。オレがたまたまあの家に行ったら、家が泥棒の被害に遭っていて、住人は誘拐。しかも直後に警察が来て、顔も見たことないはずの怪しい二人組に事件の依頼をしていく。いくらオレの日ごろの行いが悪いからって、タイミングが悪いにもほどがある。それこそ、誰かがタイミングを計っていなければ不可能だろ。盗聴器とかでこちらの状況を窺いつつさ。そんなことをできるのは、家主のあんたくらいだろ」

「証拠は？」

神條拓真は簡潔に言った。向こうも余計なおしゃべりをするつもりはないらしい。上等だ。こっちだって事件のこと以外に話したいことなんてない。

しかしはっきり言って、証拠と呼べるものなんてない。盗聴器も軽く探してはみたのだが、見つからなかった。動機だって全然わかっていない。だが証拠はなくともハッタリは打てる。動機を知らなくとも知った振りはできる。いつもと同じだ。情報を持っているやつは目の前にいるんだから、全部こいつに話してもらえばいい。

「証拠は――」さぁ何て言う。いかにもわかった風なことを言わないと。「今、オレの目の前にある」神條拓真を見ながらそう言った。

神條拓真はオレをじっと見てくる。視線を逸らさない。

「ふふっ。具体的には何かな？」

ちっ。具体的にと来たか。そう一筋縄ではいかないか。こちらも切り札を使うしかないようだ。

「蝶のブローチ」

オレがそう口にすると、神條拓真の顔がぴくりと反応した。すぐにまたニヤニヤと笑い出したがごまかしきれていない。人の嘘を見抜くことだけに関しては、こいつにだって負けはしない。

「母さんの形見のブローチだよ。金銭的に価値のないあれを盗む意味は？　あれに価値を見出すのなんてオレくらいなもんだ。それなのにわざわざブローチを隠した。オレの目的があのブローチだって知ってたからだろ。あれさえ押さえておけば、オレが事件から降りないと思ったんだろ。あのブローチがオレにとって大切なものだと知っているのは、あんたくらいだ」

神條拓真は何もしゃべらない。表情も、ニヤニヤと笑ったまま動かない。その憎たらしい顔を見ていると、オレの考えが本当に正しいのかだんだん自信がなくなってくる。

そんなオレの不安を読んだのか、つないだ野花の手がぎゅっと強く握られた。顔なんか見なくても伝わる。大丈夫だ。たとえオレがヘマしたって、まだこいつがいる。

そう思うだけで、不思議と気は楽になった。

「あんたはオレが最初に家に入ったときの様子も知っていたんだろ。それでオレの目的が母さんのブローチだと知った。だからあらかじめ家を荒らしておき、オレがブローチを取り返しに来るのを待って、さらに水谷を使ってオレに誘拐事件を解かせようとした」

もう武器はない。あとは向こうの出方を伺うだけだ。

「どうだ。何か言うことはあるか？」

オレは待った。視線は逸らさず、弱気は見せず、さもオレはすべてお見通しだぞというふてぶてしい顔を作って、神條拓真を見る。

時間はそれほど必要なかった。ふっとため息をついた神條拓真は、ゆっくりと首を振り、目をつぶった。

「………やるねぇヒサくん。何か言うことはあるかだって？　いやいや、残念ながらないよ。まったくもってキミの言うとおりさ。キミがあの家に来たと知って、試さずにはいられなかったんだよ」

ここまではわかっている。というかここまでしかわかっていない。動機は一切不明だった。だが今の神條拓真の言葉で少しわかってきた。

「試す、ね」試すって何をだ？　誘拐事件を通してオレを試したってことは――たぶん、こうだろう。

「で、どうだった？　オレは合格かな？」

神條拓真はあきらめたように笑いながら、肩をすくめた。

「全部お見通し……か。そうだよ。どうしても、キミと野花ちゃんの探偵としての素質を試してみたかったんだ」

名前を呼ばれて野花がびくっと震えた。オレは安心しろと伝えるために、強く手を握る。

「………なんでこんな悪趣味な真似をした。探偵の素質を確かめる？　そんなことをして何になる。いや、それがたとえどんな意味があるとしても、やり方が最悪だろう」

「ははっ。オレが死んだかと思って、心配になったかい？」

神條拓真のからかうような言葉を聞き、オレは全身が冷えていくのを感じた。それに対し視界は、怒りのあまり真っ赤に染まっていくような錯覚を覚える。

「お兄さん、手、痛いです」

野花はオレの顔をじっと見上げて抗議した。手を強く握りすぎていたようだ。

野花は驚くほど静かな表情をしている。怒っている、という感じはしない。表情からは、何の感情も読み取れない。

オレなんかより、野花のほうがよほど冷静だ。そう。冷静に、着実に。基本原則、忘れるな。

「………何で、こんなことをしたんだ」

極力怒りをこらえてそう尋ねると、黙って神條拓真の隣に立っていた水谷が答えた。

「あまり怒らないで。私も、拓真さんも、どうしても君たちを神條探偵事務所の仲間として迎え入れたかったの。真正面から、これは探偵の試験だと伝えたら、久人くんはきっと拒絶していたでしょ？　余計な先入観なく、そして確実に君たちの力を見るためには、こうするしかなかったの……騙したのは悪かったとは思うけど」

拒絶するなんて当たり前だ。何でオレが探偵の試験なんて受けないといけないんだ。しかも神條探偵事務所に所属するということは、神條拓真の部下になるということだ。そんなこと、我慢できるはずがない。

だが何にせよこれで、神條拓真の目的はわかった。こんな事件を起こした動機も理解した。もうこれ以上、こんなところにいる必要もない。胸糞《むなくそ》悪くなってくる。

顔を合わせても殊勝に謝るわけでもなく、ぬけぬけと上から目線で人の素質を試すなんてことをする傲慢な男と、これ以上話すことなんてない。

できるだけ感情をこめずに、「帰るぞ」と野花に声をかけて手を引っ張る。だが野花は動かなかった。それどころか、おずおずと神條拓真に話しかけたりしている。

「え、と、お父さん、なんですよね」

「ああ。そうだよ。ごめんね、こんな試すような真似しちゃって」

「そ、それは別にいいんです。私も楽しかったですし。え、と。お父、さん」

「はい？　何か？」

「え、えへへへ」野花は、それはそれは嬉しそうに笑っている。『お父さん』という言葉を噛み締めるように口にしては、『家族』というものの甘みを何度も確認しているみたいだ。

その表情を見ていたら、何だか止める気が失せてしまった。オレ個人としてはこれ以上神條拓真と話なんかしたくないが、野花からすれば初めて出会う父親。ロクに話もしていないのに帰らせるのは、さすがに横暴すぎるか。

オレはもう少しだけ様子を見ることにした。

「あの、私、ずっと会いたかったんです。その、ここまで色々あって、言いたいこともいっぱいあったんですけど、顔を見たら全部吹っ飛んじゃいました。あなたが私のお父さんなんですよね？　わ、私の『家族』なんですよね？」

野花は必死な目で神條拓真を見ている。オレもかすかに緊張が高まってくる。野花は一度、神條拓真に『二度と連絡するな』と手紙を送られている。もしここで面と向かって拒絶されたら——野花がどんな反応をするか想像できない。

神條拓真は答えた。

「勉強、毎日遅くまでがんばってるんだろ？　でも毎日夜食を食べたら太っちゃうぞ」

「……え？」

疑問の声をあげる野花に構わず、神條拓真は言葉を続けていく。

「テストは学年で五番だったんだって？　すごいじゃないか。この前のリレーだって、全員ごぼう抜きだったしな」

まるで見てきたことのように言う。いや、もしかして本当に見てたのか？

「勉強もできて運動も得意で、しかもかわいい。さすがはオレの娘だな。何でもできる万能なところなんて、実にオレにそっくりだ」

そう言って、神條拓真は自慢げに笑った。胸糞が実に実に悪い。神條拓真の言い草もそうだが、神條拓真の言葉を聞いて、強張っていた野花の表情がみるみる解けて消えていくのが何よりも腹立たしい。少し裏切られたような気分にすらなる。

その後も、神條拓真はいくつも野花の話を続けた。すでにオレが知っていることから知らないことまで、神條拓真の語る野花の話は、多岐に渡っていた。野花は感極まったような表情で、ただただその話を聞いては頷いていた。

誰かが自分の思い出を嬉しそうに語ってくれる。たったそれだけのことが、野花にとってどれほど嬉しいことなのだろう。これまで養護施設で、家族の思い出を一つも持たずに生きてきた野花にとって、たったそれだけのことがどれほど心を揺さぶるのだろう。

実感はできなかった。けれど想像することくらいはできた。

うっすらと濡れた野花の瞳を見ていたら、さっき野花に感じたちょっとした憤りなんて、あっさり消えてしまった。むしろ狭量な自分が少し恥ずかしくなってくる。

嬉しそうな、でも少し恥ずかしそうな顔で野花は再び手を挙げた。

「も一つ、質問です。何でお父さんは病院にいるんですか？　何か悪い病気……ですか？」

言われてみると確かに気になる。オレたちを待ち受けている場所にしては不自然だ。

神條拓真は少し困ったような顔で答える。

「うん………まぁ聞かれちゃったらしょうがないか。オレはね、心臓の病気なんだよ。もうずっと、病院で暮らしている」

野花の顔が瞬時に曇った。

「え、そ、そんな………い、命に関わるような病気なんですか？」

「命に関わらない病気なんていうのはね、この世にないんだよ。どんな病気だって、一歩間違えれば死に至るんだから」

「え……あ、う、は、はぁ。そうですね」

野花は話を逸らされ、よくわかっていないだろうにとにかく頷いている。

「そ、それで、お、お父さんの体は大丈夫なんですか？」

「いや、もうダメダメさ。でも野花ちゃんが、こうして毎日会いに来てくれれば、きっとどんどん良くなると思うんだ」

大げさに胸を押さえて苦しそうな顔をする神條拓真に、野花は勢い込んで言った。

「なるほど！　じゃあ毎日会いに来ます！」

「よーし！　それならお父さんも、どんどん元気になっちゃうぞー！　はっはっは！」

「おお！　いいですね！　ナイス気合です！　どんどん元気になってください！」

バカ二人が何だか楽しそうにしていやがる。騙されてるんじゃないよ、野花も。肝心の病気のことは何も聞けていないじゃないか。あぁもう見ていられない。

「野花、騙されるな。何が心臓病だ、もっともらしいことを言いやがって。受付でちゃんと見てきたぞ。心臓系の病気の患者は三階だって。ここは六階。心臓の病気なのに、病室に心電図の装置も置いてない。すぐバレるような嘘をつくんじゃねぇよ」

神條拓真は両手を挙げて大げさに驚いた。

「やるなぁヒサくん。ちゃんとよく観察してるな。事件のほうも、誘拐事件が偽物だって気づけば十分だったのに、ここまでたどり着いたしさ。これはもう文句なしに合格だ。下手したら、オレよりも探偵としての才能があるんじゃないか？」

野花は「もうっ！　純粋な乙女を騙さないでくださいよ！」と、片腹痛いことを言っている。だが口調は怒っているが、顔はすっかり安心している。病気と聞かされて少し固くなっていた表情も、今は明るくなっている。

「さて。無事にオレの試験を合格した野花ちゃんは、これからどうする？　もしよければあの家で一緒に、神條探偵事務所の探偵さんとして活躍して欲しいのだけど」

野花はうんうんと首を縦に振った。

「もちろんです！　えへへ。私、がんばっちゃいますよ！」

なんとも気合の入った声だ。聞いているだけでこっちの耳が痛くなるほどに、テンションが上がっている。

次に神條拓真はオレのほうを見た。

「ヒサくんはどうだ？　野花ちゃんと一緒に、探偵の仕事を手伝ってくれるかい？」

ふざけるな。返事なんてするまでもない。オレが探偵？　泥棒のオレが？　悪い冗談だ。盗聴器で会話を聞いていたなら、オレが……泥棒だとあんたも知っているはずだろ。

「…………やっぱり、ヒサくんは怒っているのか？　こんな方法をとって悪かったとは思ってるよ。でもオレはどうしてもキミに、あの事務所を任せたかったんだ。オレが退院するまででいい。あの事務所を、守ってくれないか？」

神條拓真はすがるような目でオレを見てくる。野花もはらはらした顔で、こちらを見てくる。だけどオレは何も言葉を口にしなかった。いくら野花の頼みとはいえ、神條拓真の願いを素直に聞き入れるなんてこと、する気はない。

オレが無言で首を振ると、神條拓真は眉を八の字にして笑った。

「オレを許せないのも無理もない……か。はは。まぁオレもほどなく退院できるし、野花ちゃんもいる。これ以上無理強いするのはみっともないね。さぁそろそろ面会時間も終わりだ。これを返すから帰るといい」

そう言って神條拓真は、体をゆっくりとひねり、ベッド脇にある引き出しの中から母さんのブローチを取り出した。やはり神條拓真が持っていたようだ。

「じゃあな。ヒサくん。いろいろ迷惑をかけてごめんな。オレに文句があればいつでも聞くから、好きなときに連絡をくれよ」

受け取った蝶のブローチは、新品のように輝いていた。ほこり一つない。母さんがうっかり倉庫でつけてしまった傷は、欠けた部分が丸くなってはいたが健在だった。いったい何度布で磨いたのだろう。まるで最初からそういう模様だったみたいに、その傷は蝶のブローチになじんでいる。

……………そうか。やっぱり、そうなのか……やっぱりこの人は変わっていない。何年も息子をやっていたオレを、こんなに簡単な嘘で騙せると思っている甘いところなんて、ほんと昔のままだ。

書斎の血痕。あの独特の黒味には、見覚えがあった。ずっとひっかかっていたけど、今ようやく思い出した。あの色は、母さんが死ぬ間際、何度も見せられた色だ。

それとなく隠しているが、神條拓真の下腹のあたりが膨れているのも見て取れた。こんな姿になってから数か月で、母さんは死んだ。胃がんだった。

六階は消化器内科だ。素人目ではあるが、外見の特徴も、母さんの死に際のそれと一致している。おそらく間違いない。この人も、がんに冒されている。しかもかなり重度の。おそらくこの人が生きて病院から退院することはない。

オレはようやく、なんで神條拓真がこんな無茶なことを計画したのか理解した。神條拓真にはもう、じっくりとかけられる時間なんてなかったのだろう。

この人は何も変わっていなかった。変わっていたのはオレの心だ……。この人が、オレたち家族のことを大切に思ってくれていたのは、このブローチを見れば伝わった。毎日毎日手に取って、何度も何度も布で磨かなければ、このブローチがこんなに輝いているはずはない。

そして何より、目の前にいる家族に心配させまいとしていること、野花を大切に思っていることは、今もまさについている下手な嘘でわかった。ここまでに聞いた神條拓真の言葉。そこに混ぜ込まれた嘘。この嘘が守りたいものは、たぶんきっと――。

「野花。さっさと帰るぞ」

「え、あ、でも……」

まごまごとしている野花の目を見てもう一度言う。

「早く帰るぞ。あの事務所に。少しは片付けなきゃ依頼を受けるとかできないだろ」

オレの目の前で、新しい家族の一人が笑顔になっていくのをオレは見つめていた。悪い気分じゃない。やっぱり野花は、笑っているほうがしっくりくる。

「はい！　わ、私こう見えても片付けは得意なんです。バリバリがんばりますよ！」

神條拓真は驚いたような、でもどこか安心したような顔でオレを見上げた。

「いいのかい、ヒサくん。キミはオレを恨んでいるのだろう？」

さぁ、オレ。顔に力を入れろ。

「言っておくけど、お前が退院するまでだからな。それ以上は知らん」

オレの嘘が通用しているのか、それともすべて見破られているのかはわからない。でも神條拓真は笑顔で何度も何度も頷いている。

「ああ。わかっている。大丈夫だ。オレはすぐに退院するからな。だからヒサくん、それまでの間、あの事務所を頼む。こんなことキミにしか頼めないんだ」

神條拓真は真剣な目でオレを見上げてくる。

わかっているよ、そんな顔をしなくたって。死ぬ覚悟を固めている親から託されたものを無碍にするほど、オレはひどい教育を受けちゃいないんだ。母さんからも——あんたからも。

「つーか、ヒサくんって言うのはやめろ。もういくつになったと思ってるんだ」

「ははっ。それもそうだな。いや、悪い悪い。ヒサヒト」

「これ」オレは母さんのブローチを神條拓真に突き返した。「自分で母さんに返しに来い。オレを宅配便代わりに使うな」

「……ふふ。ヒサヒトはケチだな。少しくらい病人を労わってもバチは当たらないぞ」

「うるせーよ。ただの患者は黙ってろよ」

オレは嘘が嫌いだ。けれど同時に、必要なものだとも思う、真実ってのはあまりにも鋭すぎて、ときに人を傷つける。そんなときに活躍するのが、どんな真実でもすっぽりオブラートに包んでくれる、優しくて甘い嘘だ。

神條拓真がすべて真実を話してオレたちに許しを請おうとしてきたら、たぶんオレは許せなかったと思う。けれど、『家族』が欲しいと願った野花のため嘘をつくこの人のことを、どうしてオレが嫌えるだろう。

この人は、間違いなくオレの父親だ。

嘘をつくべきときには平気で嘘をつける。守るべきもののためには真実なんて投げ捨てることができる。オレは、自分の中に、間違いなくこの人の血が流れていることを、初めて実感できた。

これ以上ここにいたら、色々なものがあふれてしまいそうだったオレは、野花の手を乱暴に引いてドアへ向かった。

ちょっとつんのめるようにしてついてきた野花は、オレと神條拓真を交互に見て困惑している。

「あ、あの。お兄さん、もしかして怒ってます？」「怒ってない」

「でも顔が怖いです」「…………」

顔に力を入れていないと、耐えられなくなりそうなんだ。

「あ、あの。お父さんも、怒ってないですか？」「怒ってないよ、何も」

神條拓真はさすがに嘘にも年季が入っている。動揺なんて少しも表情には出さず微笑んでいる。けれど何かをこらえるように手はぎゅっとシーツを握っていた。

「そうですか。それはいいことです。これで、みんな過去のことは水に流して仲良し家族ですね。仲良し家族なんですから、その、明日も、明後日も、こうして二人でお見舞いに来てもいいですよね？　だ、だってほら、仲良し家族ですから」

　野花は確認するようにオレと神條拓真を交互に見ている。

「ふ……ははっ」

　その姿を見ていたら、何だかおかしくなってきた。本当の家族は、そんなにわざわざ仲良しなことを強調なんてしない。空気のように、水のように、ただただ当たり前にそこにあるのが家族だ。まだまだ野花は、家族の振る舞いというものを学ぶ必要があるようだ。

「え？　何ですか突然」

「何でもない……ははは」

　必死にきょろきょろしている野花は何だかかわいらしくて、思わず神條拓真と顔を見合わせて苦笑してしまった。何てことなく。まるで当たり前のように。

エピローグ

後日、オレたちを試験するためだけに荒らされることになった神條宅の片付けをしている最中、たまたま水谷さんと二人きりになった。

話によると彼女は、現職の刑事でありながら副業として神條探偵事務所の助手もやっているそうだ。公務員の副業は禁じられているはずだが、それを警察官に言うのは釈迦《しゃか》に説法だろうか。

元誘拐犯に、現職の刑事。いやはや、なんともバリエーション豊富な助手だこと。

片付けの最中、水谷さんは父が語らなかったことをたくさん教えてくれた。

神條拓真はなぜ母さんと別れたのか。なぜ野花の手紙に対して、『二度と連絡するな』と言ったのか。オレもその理由は知りたかった。

水谷さんが言うにはそのどちらの理由も、オレが巻き込まれたという十五年前の誘拐事件が原因らしい。十五年前、オレは今回の事件とまったく同じ手口で誘拐されたそうだ。探偵として名前が売れてきていた神條拓真の息子を、今は探偵事務所の助手となっている佐々山が誘拐した――らしい。相変わらずオレの記憶にはない。当たり前だ。何せ過去の誘拐事件も、今回と同じで嘘の誘拐だったのだから。

オレはただ友達と遊んでいただけという認識だった。だがその裏では、佐々山がオレを誘拐したと父を脅迫し、身代金を奪おうとしていたそうだ。

父はオレの身の安全には代えられないと、あっさり身代金を払い、結局オレは何の危害も加えられずに家に帰ることができた。だが元々、父が探偵をしていることを嫌がっていた母さんは、その事件にとても怯えてしまった。今回は大丈夫だったけど、次はこの子が傷つけられるかもしれないと。

そんな母さんを安心させるため、少ない手がかりを元に父は、佐々山を捕まえた。そして水谷が言うには、それはそれは誠実な説得を行い、佐々山を改心させ探偵事務所の助手として雇い入れたそうだ。

けれど一度芽生えてしまった母さんの恐怖は消えることはなかった。

そうして母さんは、父の前から姿を消した。幼いオレを連れたまま。

当然父は、オレたちの行方を追った。けれど見つからなかった。母さんは頭のいい人だ。父の追跡をかわすことなんて、難しいことではなかったのだろう。

母さんとオレがいなくなり、父は相当にダメージを受けたらしい。神條探偵事務所の看板を外し、信頼できる依頼人の仕事しか受けないようになったのもそのころからだそうだ。父もまた怯えていたのだ。再び大切なものを失ってしまうことに。

野花にあんな手紙を送ってしまったのも、それが原因だそうだ。もしこの家を訪ねてきたら、自分に恨みがある犯罪者に顔を覚えられるかもしれない。それであんなきつい言葉になってしまったのだろう。オレが野花についていた嘘は、偶然にもそのほとんどが当たっていたようだ。

そんな精神状態でも父は探偵をやめなかった。水谷さんは理由はわからないと言っていたが、オレはなんとなく想像できた。

あの家で、探偵を続けていれば、いつかオレや母さんが帰ってきてくれる。きっとそんなことを考えていたのだろう。

一通り父の話を語り終えた水谷さんは、はるかに年下のオレに頭を下げて言った。

「この家はさ、あの人にとって『家族』と幸せな時間を過ごした大切な場所なんだよ。守れるなら守って欲しいんだ」

オレは何とも答えられず、肩をすくめた。

守るとか守らないとか、そんな責任重大なことをオレができるとは思えない。オレにできるのは、せいぜい適当な嘘をついてごまかすことくらいだ。

たとえ短い時間だったとしても、野花や父に幸せな『家族』としての時間をあげるための嘘をつく。その程度なら、オレにだってできる。まぁこんな嘘、父がもし無事に退院してきたら終わりにするつもりだが。

部屋が一通り片付いたことを確認したオレは、かばんの中にしまっておいた財布を片手に、部屋の外へ向かった。

「お出かけですか、神條探偵」

オレは心底嫌そうな顔を作って振り向く。

「やめてくださいよ水谷さん。探偵とか呼ばれると寒気がします」

泥棒が探偵とか、笑えもしないよ、ほんと。

「あなたは、お父さんから正式にここの責任者を任されたんだから、呼び名にはおいおい慣れていかないと。で？　どこにお出かけ？」

「そろそろおやつ時だから、ロールケーキを買いに行くんですよ。いつだったか、優秀な相方に買ってやるって約束しましたから」

できるだけさらっと言ったつもりだったが無駄だったようだ。水谷さんはそれはそれはムカツク笑いを浮かべている。

「甘やかしてますねー。頼りがいのあるお父さんに、かわいい妹。家族がいっぱいできて嬉しいのはわかりますけど。ふふふ」

ちっ。誰が甘やかしているっていうんだ。オレはただ、嘘はつくけど約束は守る男ってだけだ。

オレが渋面を作っていると、実にタイミングよく野花が飛び込んできた。

「ロールケーキを買うなら、ぜひぜひ私も連れていってください。いえ、別に、できるだけ高いのを買わせようとか、お兄さんに任せておいたらコンビニのロールケーキを買ってきちゃうとかは思ってませんよ？」

突然飛び込んできて、誰に聞かれたわけでもないのに勝手に言い訳を始めた野花のでこをはたいておく。

はたかれたというのに、野花は少しも堪えた様子もなくけろっと笑っている。水谷も何が楽しいのかニヤニヤと笑っている。そしてオレはというと、つられて笑ってしまいそうになるのをこらえて、必死に仏頂面だ。

別に素直に笑ったっていい。あるいはそれは完璧な笑みを浮かべてやったっていい。なのにとっさにできたのはこの程度の嘘。オレもまだまだってことなのかね。

これからも探偵を続けなければいけないのだから、もっと嘘も磨かないといけないな。

まったくもって面倒な話だ。
やれやれだ。実にやれやれだね、ほんと。

あとがき

お初にお目にかかります。作者こと、石崎ともと申します。

このたびは本書『嘘つきは探偵の始まり』を手に取っていただき誠にありがとうございます。すでに本書をお読みになった方も、これから読もうかなぁと考えている方も、ほんの二ページのこのあとがき。どうぞ最後までお付き合いいただければと思います。

泥棒。

思えば、これほど人々に受け入れられている犯罪者もいないよなぁと思います。ルパン三世は言わずもがな。名探偵コナンに出てくる怪盗キッド。古いところではねずみ小僧あたりも作中では非常に高い人気を誇っています。

それに対し探偵。

こちらも負けず劣らず大人気。一見するとこの二つ、火と油のような職業（？）ではありますが、不思議と共通するところもあるように思えます。

一方が謎を暴くのが生業《なりわい》なら、もう一方は謎を作るのが生業。一方が真実を解き明かすことを信条とするならば、一方は嘘をばら撒くのが信条――やっぱり、火と油な気がしますね……。いい加減なことを書いてはいけませんでした。

私は探偵が好きです。けれど近頃では、ドラマは刑事物ばかりで探偵が出てくる作品はめっきり少なくなってしまいました。

私は泥棒も好きです。けれど今も昔も、泥棒を主役に描いた作品は決して多くはありません。

水と油。けれどどちらも人気者で、私の大好物。ならば混ぜてしまおうというのは、至極当然の発想だと私は思います。ただ、『共演』ではなく『競演』でもなく『共存』になってしまったのは、色々と大誤算でありましたが。

本作が生まれた背景はそんな感じです。おかげで主人公がどんな苦労を負うことになってしまったのか。それは三〇〇ページ弱の本編を読んでいただけたら、きっとおわかりになるかと思います。

最後に、本書に関わってくださった皆々様に感謝の言葉を捧げ、今回は筆を置こうと思います。

ここまでお付き合いありがとうございました。願わくば、また別の作品でお会いできることを楽しみにしています。以上、石崎ともでございました。

石崎とも 著作リスト

嘘つきは探偵の始まり～おかしな兄妹と奇妙な事件～（メディアワークス文庫）

本書は書き下ろしです。

◇◇メディアワークス文庫

嘘《うそ》つきは探偵《たんてい》の始《はじ》まり

～おかしな兄妹《きょうだい》と奇妙《きみょう》な事件《じけん》～

石崎《いしざき》とも

発行　2014年4月25日　初版発行

発行者　塚田正晃
発行所　株式会社KADOKAWA
〒102－8177　東京都千代田区富士見2－13－3
電話03－3238－8521（営業）
プロデュース　アスキー・メディアワークス
〒102－8584　東京都千代田区富士見1－8－19
電話03－5216－8399（編集）
装丁者　渡辺宏一（有限会社ニイナナニイゴオ）
印刷・製本　旭印刷株式会社

※本書の無断複製（コピー、スキャン、デジタル化等）並びに無断複製物の譲渡及び配信は、
著作権法上での例外を除き禁じられています。また、本書を代行業者などの第三者に依頼して複製する行為は、
たとえ個人や家庭内での利用であっても一切認められておりません。
※落丁・乱丁本は、お取り替えいたします。購入された書店名を明記して、
アスキー・メディアワークス　お問い合わせ窓口あてにお送りください。
送料小社負担にて、お取り替えいたします。
但し、古書店で本書を購入されている場合は、お取り替えできません。
※定価はカバーに表示してあります。

© 2014 TOMO ISHIZAKI
Printed in Japan
ISBN978-4-04-866561-2 C0193
メディアワークス文庫　http://mwbunko.com/
株式会社KADOKAWA　http://www.kadokawa.co.jp/

本書に対するご意見、ご感想をお寄せください。

あて先
〒102-8584　東京都千代田区富士見1-8-19　アスキー・メディアワークス
メディアワークス文庫編集部
「石崎とも先生」係

メディアワークス文庫

目に見えないモノを視る力を持った探偵の、
『愛』を探す物語。

保育士の山川陽子《やまかわようこ》はある日、保護者の迎えが遅い園児・百代《ももしろ》灯衣《てい》を自宅まで送り届けることになる。灯火の自宅は治安の悪い繁華街の雑居ビルで、しかも日暮旅人《ひぐらしたびと》と名乗るどう見ても二十歳そこそこの父親は、探し物専門という一風変わった探偵事務所を営んでいた。
匂い、味、感触、温度、重さ、痛み。旅人は、これら目に見えないモノを〝視る〟ことができるというのだが——？

探偵★日暮旅人シリーズ

山口幸三郎

イラスト／煙楽

ファースト シーズン

ファーストシーズン全4巻発売中

探偵・日暮旅人の探し物
探偵・日暮旅人の失くし物
探偵・日暮旅人の忘れ物
探偵・日暮旅人の贈り物

発行●株式会社KADOKAWA　アスキー・メディアワークス

メディアワークス文庫

保育士の陽子《ようこ》は、旅人《たびと》と灯衣《てい》親子の世話を焼くため、相変わらず「探し物探偵事務所」に通う日々を送っている。

探偵事務所の所長・旅人は、視覚以外の感覚を持たないが、それらと引き替えに、目に見えないモノ――音、臭い、味、感触、温度、重さ、痛みを〝視る〟ことができる。しかしその能力を酷使すると、旅人の視力は低下していってしまうというが――？

セカンドシーズン発売中

探偵・日暮旅人の宝物
探偵・日暮旅人の壊れ物
探偵・日暮旅人の笑い物
（以下続刊）

発行●株式会社KADOKAWA　アスキー・メディアワークス

メディアワークス文庫

下町の和菓子は
あったかい。
泣いて笑って、
にぎやかな
ひとときをどうぞ。

どこか懐かしい
和菓子屋『甘味処栗丸堂』。
店主は最近継いだばかりの
若者でどこか危なっかしいが、
腕は確か。
思いもよらぬ珍客も訪れる
この店では、いつも何かが起こる。
和菓子がもたらす、
今日の騒動は？

発行●株式会社KADOKAWA　アスキー・メディアワークス

メディアワークス文庫

発行●株式会社KADOKAWA　アスキー・メディアワークス

メディアワークス文庫

発行●株式会社KADOKAWA　アスキー・メディアワークス

メディアワークス文庫

STORY

就職活動に疲れ切った女子大学生・小野寺美久が、ふと迷い込んだ不思議な場所。

そこは、親切だけど少し変わったマスターと、王子様と見紛うほど美形な青年がいる喫茶店『エメラルド』だった。

お伽話でしか見たことがないようなその男性に、うっかりトキメキを感じてしまう美久だった。

……が、しかしその王子様は、なんと年下の高校生で、しかも口が悪くて意地悪で嫌みっぽくて……おまけに『名探偵』でもあったりして……!?

どんな謎も解き明かすそのドSな『探偵』様と、なぜかコンビを組むことになった美久。

謎解き薫る喫茶店で、二人の騒がしい日々が始まる。

オーダーは探偵に
謎解き薫る喫茶店

オーダーは探偵に
砂糖とミルクとスプーン一杯の謎解きを

オーダーは探偵に
グラスにたゆたう琥珀色の謎解き

発行●株式会社KADOKAWA　アスキー・メディアワークス

メディアワークス文庫

発行●株式会社KADOKAWA　アスキー・メディアワークス

メディアワークス文庫

僕が七不思議になったわけ

小川晴央

生きながらも七不思議の一つとなった少年の日々を綴ったファンタジー。
そしてきっと思わずもう一度読み返したくなる、ちょっぴり切ないミステリー。

清城高校七不思議『三年B組中崎くん（仮）』
七不思議となった少年のちょっぴり切ないミステリアスファンタジー

第20回
電撃小説大賞
〈金賞〉
受賞

発行●株式会社KADOKAWA　アスキー・メディアワークス

メディアワークス文庫

発行●株式会社KADOKAWA　アスキー・メディアワークス

オーダーは探偵に
謎解き薫る喫茶店

近江泉美

就職活動に疲れ切った小野寺美久が、ふと迷い込んだ場所。そこは、王子様と見紛う美形な青年がオーナーの喫茶店『エメラルド』。その年下の王子様は意地悪で嫌みっぽい、どんな謎も解き明かす『探偵』様だった――。

お-2-1

168

オーダーは探偵に
砂糖とミルクとスプーン一杯の謎解きを

近江泉美

王子様と見紛う美形の青年・悠貴との最悪の出会いを経て、喫茶店『エメラルド』でウェイトレス兼探偵を務めることになった美久。ドSな年下王子様とその助手の許に、今日も謎解きの匂いがほのかに薫る事件が舞い降りる。

お-2-2

201

オーダーは探偵に
グラスにたゆたう琥珀色の謎解き

近江泉美

王子様と見紛う美形の青年・悠貴がオーナーの喫茶店でウェイトレス兼探偵を務める美久。今日も謎解きの匂いがほのかに薫る事件が舞い降りる……はずが、今回は探偵であるはずの二人が密室に閉じ込められてしまい!?

お-2-3

233

からくさ図書館来客簿
～冥官・小野篁と優しい道なしたち～

仲町六絵

京都の一角にある「からくさ図書館」には、アットホームな雰囲気に惹かれ、奇妙な〝道なし〟を伴ったお客様が訪れる。館長・小野篁は、道に迷った彼らを救う〝冥官〟で――悠久の古都で紡ぐライブラリ・ファンタジー。

な-2-3

202

からくさ図書館来客簿 第二集
～冥官・小野篁と陽春の道なしたち～

仲町六絵

季節は春。冥官・小野篁が館長を務める「からくさ図書館」には〝道なし〟を伴うお客様が訪れ、そして……ある日訪れた上官・安倍晴明が、新米冥官の時子に伝える使命とは――悠久の古都・京都で紡ぐ優しいファンタジー、第二集。

な-2-4

261

メディアワークス文庫

マジックバーでは謎解きを
～麻耶新二と優しい嘘～

光野 鈴

パートナーを失い、舞台に立てなくなったマジシャン。青年の名は麻耶新二。かつて師匠が経営していたという新宿のマジックバーを訪れた彼は、この店である一人の美しい女性と師匠が残した謎のメッセージと出会い……。

ひ-4-1 258

蒼空時雨

綾崎 隼

ある夜、舞原零央はアパート前で倒れていた譲原紗矢を助ける。彼女は零央の家で居候を始めるが、二人はお互いに黙していた秘密があった……。これは、まるで雨宿りでもするかのように、誰もが居場所を見つけるための物語。

あ-3-1 013

初恋彗星

綾崎 隼

どうして彼女は俺を好きになったんだろう。どうして俺じゃなきゃ駄目だったんだろう。舞原星乃叶、それが俺の初恋の人の名前だ。これは、すれ違いばかりだった俺たちの、淡くて儚い、でも確かに此処にある恋と『星』の物語。

あ-3-2 032

永遠虹路

綾崎 隼

彼女は誰を愛していたんだろう。彼女はずっと何を夢見ていたんだろう。さあ、叶わないと知ってなお、永遠を刻み続けた彼女の秘密を届けよう。これは、『蒼空時雨』『初恋彗星』の綾崎隼が描く、儚くも優しい片想いの物語。

あ-3-3 039

吐息雪色

綾崎 隼

ある日、図書館の司書、舞原葵依に恋をした佳帆だったが、彼には失踪した最愛の妻がいた。そして、不器用に彼を想う佳帆にも哀しい秘密があって……。優しい『雪』が降り注ぐ、喪失と再生の青春恋愛ミステリー。

あ-3-4 060

陽炎太陽

綾崎 隼

村中から忌み嫌われる転校生、舞原陽凪乃。焦げるような陽射しの下で彼女と心を通わせた一颯は、何を犠牲にしてでもその未来を守ると誓うのだが……。憧憬の「太陽」が焼き尽くす、センチメンタル・ラヴ・ストーリー。

あ-3-10
200

ノーブルチルドレンの残酷

綾崎 隼

十六歳の春、美波高校に通う旧家の跡取り舞原吐季は、因縁ある一族の娘、千桜緑葉と巡り合う。二人の交流は、やがて哀しみに彩られた未来を紡いでいって……。現代のロミオとジュリエットに舞い降りる、儚き愛の物語。

あ-3-5
089

ノーブルチルドレンの告別

綾崎 隼

舞原吐季に恋をした千桜緑葉は、強引な求愛で彼に迫り続けていた。しかし、同級生、麗羅の過去が明らかになり、二人の未来には哀しみが舞い降りて……。現代のロミオとジュリエットに舞い降りる儚き愛の物語。激動と哀切の第二幕。

あ-3-6
098

ノーブルチルドレンの断罪

綾崎 隼

舞原吐季と千桜緑葉。決して交わってはならなかった二人の心が、魂を切り裂く別れをきっかけに通い合う。しかし、その未来には取り返しのつかない代償が待ち受けていた。現代のロミオとジュリエット、儚き愛の物語、第三幕。

あ-3-8
132

ノーブルチルドレンの愛情

綾崎 隼

そして、悲劇は舞い降りる。心を通い合わせた舞原吐季と千桜緑葉だったが、両家の忌まわしき因縁と暴いてしまった血の罪が、すべての愛を引き裂いていく。現代のロミオとジュリエット、儚き愛の物語。絶望と永遠の最終幕。

あ-3-9
151

◇◇メディアワークス文庫

ノーブルチルドレンの追想

綾崎 隼

長きに渡り敵対し続けてきた旧家、舞原家と千桜家。両家の怨念に取りつかれ、その人生を踏みにじられてきた高貴な子どもたちは今、時を越え、勇敢な大人になる。『ノーブルチルドレン』シリーズ、珠玉の短編集。

あ-3-11

228

赤と灰色のサクリファイス

綾崎 隼

翡翠島で突如発生した連続放火事件は、一人の男の命を奪う。父を殺された親友が去って十年。長く音信不通だった彼が現れた時、陰惨な事件の記憶が蘇っていく……。哀切の炎が焼き尽くす、新時代の恋愛ミステリー。

あ-3-12

256

青と無色のサクリファイス

綾崎 隼

十年前に起きた連続放火事件の記憶が、ノアの帰還によって蘇る。あの日、あの時、誰が彼の父親を殺したのか。贖罪の青い薔薇が捧げる、新時代の恋愛ミステリー。『赤と灰色のサクリファイス』と上下巻構成。

あ-3-13

259

エウロパの底から

入間人間

私は小説家だ。そしてこれは私の小説だ。私が心血を注いだ惨殺があり、私が身を削るように描いた苦悩がある。文の始まりから果てまで、すべてが私だ。だから、私は『犯人』ではない。私は、小説家なのだ。

い-1-14

260

罪色の環

—リジャッジメント—

仁科裕貴

過去に裁判で無罪になった青年・音羽奏一。ある日、拉致された彼が目覚めると、そこは人工島だった。裁判員の一人として選ばれた彼は、その他の男女五名と共に日給四〇〇万円である事件の再審判を行うことになるが……。

に-3-1

263

メディアワークス文庫

ビブリア古書堂の事件手帖
～栞子さんと奇妙な客人たち～
三上 延

鎌倉の片隅に古書店がある。店に似合わず店主は美しい女性だという。そんな店だからなのか、訪れるのは奇妙な客ばかり。持ち込まれるのは古書ではなく、謎と秘密。彼女はそれを鮮やかに解き明かしていき。

み-4-1
078

ビブリア古書堂の事件手帖２
～栞子さんと謎めく日常～
三上 延

鎌倉の片隅にひっそりと佇むビブリア古書堂。その美しい女店主が帰ってきた。だが、以前とは勝手が違うよう。無骨な青年の店員。持ち主の秘密を抱いて持ち込まれる本——。大人気ビブリオミステリ、待望の続編。

み-4-2
106

ビブリア古書堂の事件手帖３
～栞子さんと消えない絆～
三上 延

妙縁、奇縁。古い本に導かれ、ビブリア古書堂に集う人々。美しき女店主と無骨な青年店員は本に秘められた想いを探り当てるたび、その妙なる絆を目の当たりにする。大人気ビブリオミステリ第３弾。

み-4-3
141

ビブリア古書堂の事件手帖４
～栞子さんと二つの顔～
三上 延

珍しい古書に関する特別な相談——それは稀代の探偵、推理小説作家江戸川乱歩の膨大なコレクションにまつわるものだった。持ち主が語る、乱歩作品にまつわるある人物の数奇な人生。それがさらに謎を深め——。

み-4-4
184

ビブリア古書堂の事件手帖５
～栞子さんと繋がりの時～
三上 延

静かに温めてきた想い。無骨な青年店員の告白は美しき女店主との関係に波紋を投じる。古書にまつわる人々の数奇な物語——それにより女店主の心にも変化が？　一体、彼女にどういう決断をもたらすのか？

み-4-5
240

メディアワークス文庫は、電撃大賞から生まれる！

おもしろいこと、あなたから。

電撃大賞

作品募集中！

自由奔放で刺激的。そんな作品を募集しています。受賞作品は
「電撃文庫」「メディアワークス文庫」「電撃コミック各誌」からデビュー！

電撃小説大賞・電撃イラスト大賞・電撃コミック大賞

※第20回より賞金を増額しております。

賞（共通）	
大賞	正賞＋副賞300万円
金賞	正賞＋副賞100万円
銀賞	正賞＋副賞50万円

（小説賞のみ）	
メディアワークス文庫賞	正賞＋副賞100万円
電撃文庫MAGAZINE賞	正賞＋副賞30万円

編集部から選評をお送りします！

小説部門、イラスト部門、コミック部門とも1次選考以上を通過した人全員に選評をお送りします！

イラスト大賞とコミック大賞はWEB応募も受付中！

最新情報や詳細は電撃大賞公式ホームページをご覧ください。

http://asciimw.jp/award/taisyo/

編集者のワンポイントアドバイスや受賞者インタビューも掲載！

主催：株式会社KADOKAWA　アスキー・メディアワークス